SERUM

SAISON 1   🍎   ÉPISODE 2

De Henri Lœvenbruck

AUX ÉDITIONS FLAMMARION ET J'AI LU
Le Testament des siècles, 2003
Le Syndrome Copernic, 2007
Le Rasoir d'Ockham, 2008
Les Cathédrales du vide, 2009
L'Apothicaire, 2011

AUX ÉDITIONS BRAGELONNE
La Moïra, édition intégrale
Gallica, édition intégrale

Site officiel de l'auteur :
www.henriloevenbruck.com

Henri Lœvenbruck est membre de
la Ligue de l'imaginaire
www.la-ldi.com

De Fabrice Mazza

AUX ÉDITIONS MARABOUT
Le Grand Livre des énigmes, tome 1, 2006
Pas de panique, c'est logique, 2006
Pas de panique, c'est toujours logique, 2007
Le Grand Livre des énigmes, tome 2, 2007
Énigmes coriaces pour esprits tenaces, 2008
Énigmes tordues pour esprits pointus, 2008
Énigmes subtiles pour esprits agiles, 2008
Lettrenrébus : 200 énigmes de lettres surprenantes, 2008
Énigmes médiévales infernales, 2010

HENRI LŒVENBRUCK
& FABRICE MAZZA

SAISON 1 　🍎　ÉPISODE 2

© Éditions J'ai lu, 2012

Avant-propos

Cher lecteur, *Sérum* n'est pas un roman comme les autres.

Avant tout, il s'agit d'un roman-série, à savoir que l'histoire que nous allons vous raconter est divisée en plusieurs saisons de six épisodes chacune.

Ensuite, *Sérum* vous propose – vous n'y êtes pas obligé – d'approfondir l'expérience de lecture en l'agrémentant de musiques, de vidéos, de documents externes qui vous seront offerts au fur et à mesure de l'histoire.

Comme vous allez le voir, des « flashcodes » sont intégrés au récit. Pour savoir comment vous en servir, il vous suffit de vous rendre sur le site www.serum-online.com. Vous y trouverez toutes les informations techniques, et bien d'autres surprises.

Nous espérons qu'ainsi vous aurez la même émotion à lire ces épisodes que nous avons eue à les écrire...

Bonne aventure !

DANS L'ÉPISODE PRÉCÉDENT DE SÉRUM

LOLA GALLAGHER, DÉTECTIVE AU NYPD

En bas de l'immense colonne du parc de Fort Greene, Lola discerna un collègue en uniforme. À ses pieds, un corps étendu dans la neige.

— On est arrivés trop tard... Elle a pris une balle en pleine tête.

— Elle est toujours en vie. Dites aux secours de faire vite.

(...)

Lola entra dans la petite pièce obscure où travaillait son collègue, Phillip Detroit.

— Il y a eu une fusillade tout à l'heure au Brooklyn Museum. Je me demande si ça a un rapport avec cette femme qui s'est fait tirer dessus dans le parc. Tu peux récupérer les vidéos de surveillance ?

(...)

— Là ! s'exclama Lola. Il s'est passé quelque chose ! Zoom sur la blonde ! C'est la femme du parc de Fort Greene. Elle était donc bien au Brooklyn Museum avant de se faire tirer dessus. Mais qu'est-ce qu'elle foutait là ?

— Elle regarde quelque chose en l'air.

— Non ! Ses lèvres bougent ! Elle est en train de parler à quelqu'un. Merde ! Mais c'est à nous ! C'est à nous qu'elle parle ! Elle a les yeux rivés sur la caméra de surveillance ! Il faudrait qu'on réussisse à lire sur ses lèvres.

(...)

Lola posa le papier sur la table et lut à haute voix. Le service d'assistance était parvenu à déchiffrer une partie du message de la jeune femme.

— ...*réussi à m'enfuir, mais ils sont sur mes traces, et ils... ils essaient de me tuer ! Je dois tout raconter avant que (...) vous devez prévenir les (...) c'est une machination (...) ils préparent l'enlèvement de cet homme, et (...) dans l'immeuble du Citigroup Center (...) oh, mon Dieu, vous devez faire quelque chose, vous devez faire quelque chose !*

Tony Velazquez, jeune agent de police au 88ᵉ district

— Elle est toujours dans le coma, annonça le médecin. On a réussi à extraire la balle.

— Vous pensez qu'elle va en sortir rapidement ?

— Aucune idée.

(...)

Velazquez attrapa délicatement l'index de la femme, l'appuya sur l'encreur, puis appliqua le bout du doigt sur la petite étiquette blanche.

Rien. La femme semblait n'avoir aucune empreinte.

En revanche, il vit qu'elle portait une alliance. Aussitôt, il enleva la bague et l'inspecta à la lumière du plafonnier.

Sur la face intérieure de l'anneau, deux noms étaient gravés : « Mike & Emily ».

— Emily, murmura-t-il en souriant. Enchanté.

DANS UN LIEU TENU SECRET

Au centre de la pièce, un homme à demi nu était allongé sur un lit métallique, les yeux écarquillés, le front trempé de sueur.

L'infirmière tendit la scie oscillante au chirurgien, qui amena la petite lame circulaire contre le fémur et commença à scier.

— Je vais devoir vous laisser, cher ami, intervint l'homme au chapeau de feutre.

— La vue du sang vous dérange ? plaisanta le patient.

— Vous savez bien que non. Mais votre femme s'est réveillée, malheureusement. Je vais devoir aller l'éliminer.

BROOKLYN HOSPITAL

— Elle est sortie du coma, annonça le médecin. Je dois vous prévenir, la balle l'a atteinte au lobe temporal antérieur, elle souffre d'une amnésie rétrograde isolée. Elle ne se souvient de rien, ni de son nom, ni de son passé, et évidemment pas de ce qui lui est arrivé hier. Alors allez-y doucement.

(...)

— Pourquoi... Pourquoi je suis ici ?

— On vous a tiré dessus hier, expliqua Lola. Dans le parc de Fort Greene.

— Le parc de *Fort Greene* ? répéta-t-elle comme si le nom lui était étranger.

— Oui. À Brooklyn. Nous sommes à Brooklyn, Emily. Vous habitez New York ?

— Je ne sais pas, répondit la femme.

(...)

— Où est l'agent qui est censé rester devant la chambre d'Emily ? demanda Lola. J'aime pas ça.

(...)

Velazquez fut le premier devant la chambre et ouvrit rapidement la porte. En voyant l'expression sur son visage, Lola comprit aussitôt qu'il s'était passé quelque chose.

— Elle n'est plus là !

(...)

— Elle est dehors !

— Emily ! cria Lola en rangeant son arme dans son holster.

Elle avança vers la jeune femme puis ralentit le pas pour ne pas l'effrayer.

Soudain, alors que Gallagher venait tout juste de poser une main sur l'épaule d'Emily, une déflagration éclata au beau milieu de la rue.

(...)

Emily se précipita à l'intérieur de la voiture. Une balle s'enfonça dans la carrosserie, à quelques centimètres de sa tête.

Gallagher, le cœur battant, ouvrit la portière avant et se glissa à toute vitesse derrière le volant. Elle fonça tout droit vers l'est.

BROOKLYN, COMMISSARIAT DU 88ᵉ DISTRICT

— Tu crois que tu peux me récupérer un enregistrement de ce qui passait sur CNN samedi entre midi et une heure ? demanda Lola à Phillip Detroit. Quand je suis allée voir Emily à l'hôpital, elle semblait comme aspirée par la télévision. Je me demande si ce n'est pas quelque chose qui est passé aux infos qui aurait pu déclencher sa crise de panique et la faire fuir de l'hôpital.

(...)

Lola visionna l'enregistrement de CNN.

Cinq sujets étaient abordés : un attentat dans un bus au Pakistan, des prisonniers en grève de la faim dans un établissement carcéral de Virginie, un scandale concernant la fuite de 115 000 documents confidentiels révélés par une organisation d'activistes sur Internet, le lancement d'une nouvelle puce d'Intel, et un reportage sur les élections en cours dans la République populaire de Chine.

CHRIS COLEMAN, FRÈRE DE LOLA GALLAGHER

— J'ai reçu un courrier du Dr Williams, annonça Lola.

Le visage de Chris changea du tout au tout.

— Mauvaises nouvelles ?

Lola soupira. Elle leva ses yeux brillants vers son frère.

— Tu as un cancer du poumon, Chris. À un stade avancé.

MARK WILLIAMS, MÉDECIN ET AMI DE LOLA

— Je ne vais pas te mentir, Lola : le cancer des poumons est l'un des plus meurtriers qui soit. La chimio peut aider à diminuer l'intensité des symptômes et la chirurgie peut même faire totalement disparaître la tumeur, quand elle est découverte à un stade très limité. Malheureusement, nous ne sommes pas dans cette configuration...

— Alors, combien de temps ?

— Si le traitement marche, un an ou deux. S'il marche très bien, nous avons même dix pour cent de chances de rémission. Mais s'il ne marche pas... trois, quatre mois. Peut-être moins.

SAMUEL POWELL, CAPITAINE DU 88e DISTRICT

— Gallagher, je ne vais pas y aller par quatre chemins : je viens de me faire méchamment taper sur les doigts par l'officier commandant de Brooklyn Nord. Il faut que vous avanciez beaucoup plus vite dans cette putain d'enquête !

Il faut que vous la boucliez avant que le FBI ne vienne foutre son nez dedans.

— À ce stade, je ne vois pas ce que je peux faire de plus...

— Mauvaise réponse ! On peut *toujours* faire plus !

APPARTEMENT DU WITSEC (PROGRAMME DE PROTECTION DES TÉMOINS)

— Voici donc votre nouvelle carte d'identité. Vous vous appelez désormais Emily Scott.

(...)

— Et si je ne retrouve jamais la mémoire ? Qu'est-ce que je vais faire de ma vie ? demanda Emily.

— On finira bien par trouver des gens qui vous connaissent. Ils vous aideront à vous reconstruire.

— J'aimerais tant pouvoir retrouver la mémoire, Lola. Je me sens tellement perdue !

— Il y a peut-être un moyen...

ARTHUR DRAKEN, PSYCHIATRE SPÉCIALISÉ DANS LA THÉRAPIE PAR L'HYPNOSE

Arthur Draken lut le texto de nouveau.

« Besoin de toi en urgence. Ça va te plaire, Doc. »

Il esquissa un sourire. C'était du pur Lola Gallagher.

(...)

— Voici le Dr Draken, Emily. Comme je vous l'ai dit, c'est l'un des meilleurs psychiatres de

New York, si ce n'est *le* meilleur, et c'est aussi un très bon ami.

— Je vais vous poser des questions, beaucoup de questions, annonça le psychiatre.

(...)

— Vous souffrez effectivement de ce qu'on appelle une amnésie rétrograde isolée, Emily. Une balle dans la tête, ça laisse des séquelles. Ce type d'amnésie peut résulter de la commotion, mais il est fort probable qu'elle soit partiellement psychologique.

— C'est-à-dire ?

— Qu'elle résulte peut-être également du très grand stress que vous avez dû subir pendant et avant l'accident.

(...)

— Une amnésie aussi lourde entraîne nécessairement une dépression nerveuse, expliqua Draken. Elle va en baver.

— Et on ne peut rien faire pour l'aider ?

— Lola... Il y a bien quelque chose qu'on pourrait essayer.

— Quoi ?

Il pencha la tête.

— Tu sais très bien.

— Oh ! Non. C'est hors de question !

(...)

Lola se résolut, à contrecœur, à composer le numéro d'Arthur Draken.

Le psychiatre était sur boîte vocale. Elle lui laissa un message : « C'est Lola. T'as gagné.

Je suis d'accord. J'amène Emily chez toi demain. »

CABINET DU DR DRAKEN

— Je suis content que vous soyez venue, Emily. Je pense que vous avez pris une bonne décision.

De l'autre côté du cabinet, devant une lourde porte blindée, un second homme se tenait debout. À en juger par l'étrangeté de son regard, il était manifestement atteint de cécité.

— Emily, je vous présente Ben Mitchell, mon assistant.

— Votre assistant ?

— Oui. Il m'aide... pour ce type de consultation.

(...)

— Elle est prête, dit Draken à l'attention de Ben Mitchell.

Il enfila les gants, prit une seringue, enleva le capuchon qui en protégeait l'aiguille, puis l'enfonça dans l'un des flacons.

— Alors on y va. Baissez la tête.

(...)

Assise sur les marches du perron, Lola retournait sans cesse les questions dans sa tête. Elle se demandait tout simplement si elle ne venait pas de faire la plus grosse erreur de sa vie.

Au même moment, Lola entendit un hurlement strident.

Ouverture

Vous avez bien fait de venir me voir.
Maintenant, détendez-vous.
Détendez-vous et laissez votre conscience s'ouvrir. Laissez-la vous guider.
Le sérum qui va vous être injecté facilite l'induction hypnotique. Il n'altère en rien votre personnalité, ni votre volonté, mais il vous débarrasse de ce qui vous éloigne de votre conscience.
Votre conscience voit plus de choses, entend plus de choses, connaît plus de choses que vous ne pouvez l'imaginer.
Ici, maintenant, votre conscience est reine.
Il y a, quelque part dans un coin de votre tête, un petit train. Un petit train qui peut vous emmener en voyage.
« La nature est un temple où de vivants piliers laissent parfois sortir de confuses paroles ; l'homme y passe à travers des forêts de symboles qui l'observent avec des regards familiers. Comme de longs échos qui de loin se confondent, dans une ténébreuse et profonde unité, vaste comme la nuit et comme la clarté, les parfums, les couleurs et les sons se répondent. »

Oubliez le monde autour de vous. Ses bruits. Ses nuisances. N'écoutez que l'écho de votre âme.

Le plus important, c'est vous.

N'ayez crainte. Je suis là, à vos côtés.

Il ne peut rien vous arriver...

ÉPISODE 2

Whispering wind

1.

La jeune femme, angoissée, attendait sur un tabouret de cette petite pièce obscure qui la mettait toujours si mal à l'aise. Par-delà la longue vitre opaque qui occupait l'un des quatre murs, il lui semblait entendre une conversation étouffée. Une conversation secrète, mais dont elle savait être le sujet.

Cela faisait des mois, maintenant, depuis qu'elle était entrée au Centre, qu'elle s'efforçait d'être une « bonne élève », d'exécuter avec soin tout ce qu'on attendait d'elle. Mais, en cet instant, elle avait l'impression d'être revenue sur les bancs de la faculté, d'y attendre fébrilement les résultats d'un examen de fin d'année. Sauf que, cette fois-ci, les enjeux étaient beaucoup plus importants.

Ici, on n'avait pas le droit à l'erreur.

L'attente durait depuis d'interminables minutes quand, soudain, la porte s'ouvrit, laissant entrer dans la pièce une vive lumière. Celui que tout le monde ici appelait simplement « le docteur » apparut sur le seuil, un dossier sous le bras et un stylo dans la poche extérieure de sa blouse blanche.

Lentement, il vint s'asseoir près de la jeune femme et, à sa mine grave, celle-ci comprit aussitôt que les nouvelles n'étaient pas bonnes.

— Bon, je ne vais pas y aller par quatre chemins, dit-il d'une voix paternaliste. Vos résultats sont... décevants. Vous n'avez pas réussi à passer le dernier test. Vous en êtes consciente, n'est-ce pas ?

Elle se contenta de hocher la tête, avachie sur son tabouret.

— Les expériences comportementalistes n'ont pas suffi. Vous avez encore des résistances. Cela ne nous laisse pas beaucoup de choix. Soit vous abandonnez – ce que je vous déconseille vivement – soit, nous essayons une autre méthode.

— Je comprends.

— En réalité, il ne nous reste plus qu'une seule solution, un dernier recours : la stimulation corticale.

La jeune femme peina à masquer son inquiétude.

— De quoi s'agit-il ?

— C'est une petite opération. Nous allons vous placer une électrode, en forme de plaque, à la surface du cortex, qui sera reliée à un stimulateur.

— À la surface du cortex ? Vous voulez dire, dans mon cerveau ?

24

— Sur votre cerveau, plutôt. Mais rassurez-vous, c'est une opération sans danger. Délicate, certes, mais sans danger. Elle est pratiquée dans le monde entier à des fins médicales.

La jeune femme ne parut pas rassurée pour autant.

— Vous... Vous allez m'ouvrir le crâne ?
— Oui.

Livide, elle resta silencieuse un instant, comme s'il lui fallait du temps pour accepter l'information.

— Cela se fait sous anesthésie générale ? demanda-t-elle finalement d'une voix timide.

— Non. Tout au long de l'opération, nous devons pouvoir communiquer avec vous, afin de tester vos réactions neurologiques.

Le visage de la jeune femme sembla blanchir davantage.

— Allons ! Ne vous inquiétez pas. Vous êtes entre de bonnes mains. C'est votre dernière chance.

Elle acquiesça, presque malgré elle.

— Et vous voulez faire ça dans combien de temps ?

— Eh bien... Aujourd'hui même.

The line

2.

Phillip Detroit, installé au milieu des ordinateurs dans son petit bureau obscur, au deuxième étage du commissariat du 88ᵉ district, était encore en train de visionner les vidéos du soir où Emily Scott avait reçu une balle dans la tête quand son téléphone se mit à sonner.

Numéro masqué. Il n'aimait pas les numéros masqués. En général, c'était soit un emmerdeur de l'administration, soit une ancienne petite amie dont il avait esquivé les dix derniers appels.

— Détective Detroit ?

— Lui-même.

— Ici l'agent Turner, du FBI. Je travaille pour le programme WITSEC. C'est moi qui suis en charge de la surveillance d'Emily Scott.

— Et ?

— Je... Je vous appelle au sujet du détective Gallagher. Elle m'a dit qu'en cas de souci il fallait que je vous appelle, vous.

— Qu'est-ce qui se passe ?

— Votre collègue a emmené Emily Scott dans le parc de Fort Greene...

— Je suis au courant. Elle avait l'autorisation du procureur.

— Bien sûr, sinon je ne les aurais pas laissées partir. Le problème, c'est qu'elles sont parties depuis une heure et demie.

— Ah...

— Et mon collègue est allé les chercher dans le parc. Elles n'y sont pas.

— C'est ennuyeux.

— Très. Vous avez sans doute un moyen de joindre le détective Gallagher, ou bien peut-être avez-vous une idée de l'endroit où elle se trouve ?

Detroit resta silencieux.

— Je vous appelle en premier, avant de prévenir le procureur, pour éviter des problèmes à votre collègue...

Bien sûr ! Tu veux surtout te couvrir parce que tu viens de te rendre compte que, malgré l'autorisation du procureur, tu n'aurais jamais dû les laisser partir toutes seules.

— Je vais voir ce que je peux faire, lâcha finalement le spécialiste. Je vous rappelle au plus vite.

Detroit raccrocha et composa aussitôt le numéro de portable de Gallagher. Évidemment, elle était sur répondeur. Il eut un mauvais pressentiment. Non pas que disparaître dans la nature fût une chose étonnante pour Lola – elle avait l'habitude de jouer les électrons libres –, mais le cas d'Emily Scott était particulièrement sensible. Un témoin sous protection n'est pas censé manquer à l'appel... Il grimaça, se leva et partit tout droit vers le bureau du capitaine Powell.

L'homme, à qui son embonpoint et ses tempes grisonnantes donnaient un air de vieux sénateur noir, était, comme toujours ou presque, assis dans son fauteuil derrière des piles de dossiers. Il leva vers Detroit un regard peu amène.

— Qu'est-ce que vous voulez ?
— On a un problème, chef.

Jusque dans sa voix, grave et détachée, le détective avait des airs de cow-boy. Du genre à faire de la publicité pour une marque de cigarette.

— Quoi encore ?
— C'est Gallagher. Elle a disparu. Avec Emily Scott.
— Et merde !

Wonder

3.

Malgré sa cécité, Ben Mitchell opérait avec des gestes précis. La mécanique de l'habitude.

Il enfila les gants, prit une seringue dans la mallette, enleva le capuchon qui en protégeait l'aiguille, puis l'enfonça dans un flacon qu'il tenait à l'envers. Le liquide verdâtre passa d'un récipient à l'autre. L'homme tapota deux fois la seringue du bout de l'index et en chassa quelques gouttes d'une légère pression du doigt.

Draken, de l'autre côté de cet étrange cabinet, se tenait debout près de la vieille caméra VHS.

— Vous êtes prête, Emily ?

Les bras attachés par les lanières de cuir, elle se contenta de hocher légèrement la tête, incapable de parler. Elle était bien plus impressionnée par toute cette mise en scène qu'elle n'aurait voulu l'admettre.

Alors le psychiatre se retourna vers le caméscope et appuya sur le bouton d'enregistrement.

— On y va.

Il prit place sur un siège en face de sa patiente, posa un carnet en moleskine sur ses genoux et, sur sa droite, retourna un petit sablier de bois. Il avait sept minutes. Sept minutes d'hypnose profonde.

Debout derrière le fauteuil, Ben Mitchell approcha lentement la longue aiguille de la nuque d'Emily. Il y eut un instant de silence, comme si le temps s'était suspendu, puis la pointe métallique s'enfonça d'un coup dans la surface de l'épiderme…

Aussitôt, tout le corps de la jeune femme se tendit, puis ses yeux s'ouvrirent en grand, si grand qu'ils semblaient sur le point de sortir de leur orbite. Les pupilles se dilatèrent.

— Détendez-vous, Emily. Détendez-vous et laissez votre conscience s'ouvrir et vous guider. Le sérum que nous venons de vous injecter facilite l'induction hypnotique. Il ne change rien à qui vous êtes, il n'altère en rien votre personnalité, ni votre volonté, mais il vous débarrasse de ce qui vous éloigne de votre conscience. Votre conscience voit plus de choses, entend plus de choses, connaît plus de choses que vous ne pouvez l'imaginer. Ainsi nous allons lui donner la parole pendant sept minutes exactement. *Comme de longs échos qui de loin se confondent, dans une ténébreuse et profonde unité, vaste comme la nuit et comme la clarté, les parfums, les couleurs et les sons se répondent.* Il y a, quelque part dans un coin de votre tête, un petit train. Un petit train qui peut vous emmener en voyage dans vos souvenirs. Emmenez-moi avec vous dans ce petit train, Emily...

The line

4.

Assise sur les marches du perron de la maison de Draken, le dos collé à la porte pour la laisser entrouverte, les doigts croisés dans un geste d'anxiété, Lola retournait sans cesse les questions dans sa tête.

Plus les secondes passaient, plus elle était convaincue que laisser Emily entre les mains du psychiatre avait été une mauvaise idée. Une idée dangereuse. Son regard faisait des allers et retours entre ses doigts et le haut de la maison de briques rouges.

Et puis tout à coup, n'y tenant plus, elle se leva et se glissa dans l'entrebâillement de la porte.

Je suis folle. Il faut que je l'empêche de faire ça.

Alors qu'elle avait posé le pied sur la première marche des escaliers qui menaient au cabinet, soudain, elle entendit un hurlement strident. Un hurlement terrible. La voix d'Emily.

Le cri lui fit comme un coup de poignard dans le ventre. Le cœur battant, elle monta les marches quatre à quatre, priant pour que le pire ne soit pas arrivé.

Devant la porte du cabinet, elle frappa de son poing fermé.

— Draken !

Aucune réponse. Elle frappa de nouveau, plus fort cette fois.

— Draken ! Ouvre !

Devant le silence que lui retournait le cabinet, son angoisse se mua en certitude : il s'était passé quelque chose de grave. De plus en plus furieuse, elle continua de cogner à la porte jusqu'à ce qu'enfin des pas résonnent de l'autre côté.

— Arthur ! Ouvre-moi bon sang !

Il y eut un cliquetis métallique au niveau de la serrure, puis le battant s'ouvrit lentement. Le visage de Draken, grave, fermé, apparut dans l'entrebâillement.

— Qu'est-ce qui s'est passé ?

Lola poussa rageusement la porte pour l'ouvrir plus grand.

— Tout va bien, calme-toi.

Le détective Gallagher, les poings serrés et le regard furieux, entra de force dans le cabinet. Elle contourna son ami, le bousculant un peu, et scruta frénétiquement la pièce.

— Elle est où ?

— Calme-toi, Lola...

— Elle est où, bordel ?

Le psychiatre sortit une Marlboro de la poche de sa chemise et l'alluma d'un air détaché. Il tendit la main vers l'autre côté du cabinet, désignant cette porte blindée que Lola avait déjà remarquée mais qu'elle n'avait jamais franchie.

— Elle est là-dedans, dit-il en tirant sur sa cigarette.

Sans attendre, Gallagher traversa le cabinet en quelques enjambées et ouvrit la porte blindée. L'estomac noué, elle s'attendait au pire. Le spectacle que lui offrit la pièce fit quelque peu redescendre sa tension : Emily, debout devant un fauteuil médical, était en train d'enfiler son pull. Elle avait les yeux rouges, comme si elle avait pleuré, mais elle ne semblait pas blessée.

Derrière elle, toutefois, se tenait un homme. Un homme aveugle, immobile, que le détective n'avait jamais vu auparavant. Maigre, le visage creusé, il avait de longs et épais cheveux bruns qui lui donnaient un air de marginal.

— Ça va, Emily ? demanda Lola en s'approchant de la jeune femme.

— Ça peut aller...

— C'est qui, lui ? demanda Gallagher en interrogeant Draken du regard.

— C'est un ami. Ben est professeur à l'université de Columbia. Il s'intéresse à l'hypnose. Il est venu assister à la séance...

— Bonjour détective, glissa l'homme avec une espèce de sourire gêné.

— Bonjour.

Puis, se tournant vers le psychiatre :

— Ça ne devait pas se passer comme ça, Arthur ! Je n'aime pas ça ! Je n'aurais pas dû te faire confiance...

— Tout s'est bien passé, Lola, je t'assure. Nous avons même fait une première avancée. N'est-ce pas Emily ?

La blonde hocha vaguement la tête.

— Je vous ai entendu crier depuis la rue, Emily, qu'est-ce qui s'est passé ?

Draken s'approcha de Gallagher et l'attrapa fermement par l'épaule, montrant des premiers signes d'agacement.

— Tu commences à m'emmerder, dit-il d'une voix à la fois basse et ferme. Je te dis que tout s'est bien passé. Il est tout à fait normal qu'un patient pousse un cri pendant une séance d'hypnose, surtout quand il s'agit de quelqu'un qui est en train de retrouver des bribes de souvenirs, après un traumatisme pareil. Je ne te dis pas comment faire ton boulot, moi, alors sois gentille, ne me dis pas comment je dois faire le mien.

Visiblement, ce petit discours, malgré sa véhémence, ne suffit pas à apaiser le détective.

— Je n'aurais jamais dû te faire confiance.

Puis elle se tourna vers Emily et la prit par le bras.

— Venez, il faut qu'on retourne à votre appartement, maintenant. Les gens du WITSEC vont s'inquiéter.

Elle l'emmena vers la porte puis, sans même saluer les deux hommes, elles sortirent toutes deux du cabinet. Emily, en état de choc, se laissa faire sans mot dire, aussi impassible que si elle était encore sous hypnose.

Une fois dans la voiture, Lola lui adressa un regard embarrassé.

— Je suis désolée. Je crois que c'était une mauvaise idée, Emily.

— Non, non, ça va, je vous assure.

— Sûre ?

— Oui.

— Dites-moi seulement une chose...

— Quoi ?

Lola poussa un soupir.

— Est-ce que... Est-ce que Draken a utilisé un produit sur vous ? Une sorte de sérum ?

Emily, les yeux dans le vague, hésita un instant.

— Non, dit-elle finalement.

— Vous êtes sûre ? Il ne vous a pas fait de piqûre ?

— Non.

Avec de longues années de pratique, Lola avait l'habitude de reconnaître un mensonge. Elle comprit aussitôt qu'elle ne lui disait pas la vérité.

Flying lead

5.

Ils avaient installé un petit bloc opératoire dans une pièce reculée du Centre. Pas de fenêtres, un système de purification de l'air, une étanchéité optimisée, et un nettoyage scrupuleux de tout l'appareillage médical. Autour de la table d'opération, un respirateur d'anesthésie, une batterie de bistouris électriques, pinces, ciseaux disposés sur des chariots et, au plafond, un éclairage scialytique qui émettait une lumière sans ombre.

La jeune femme, allongée sur le billard, avait la tête entièrement immobilisée par le cadre de stéréotaxie, vissé sur le crâne en quatre points. Cet ustensile au design barbare allait permettre le guidage robotisé de l'intervention.

Les bras de la patiente étaient attachés par des fixe-poignets. Brassard, électrodes, tous les appareils de monitoring étaient en place pour surveiller son état.

Dans un véritable bloc, un dispositif plus complexe aurait permis d'empêcher la moindre vibration, précaution essentielle pour toute opération de neurochirurgie minutieuse. Mais ici, il fallait faire avec les moyens du bord. De même, en milieu hospitalier, il y aurait sans doute eu plus de monde autour de la table. Un ou deux neuro-

36

chirurgiens, un anesthésiste, un neurologue et plusieurs infirmières. Aujourd'hui, ils n'étaient que deux : le docteur et son assistante.

Les yeux écarquillés, la jeune femme transpirait malgré la température fraîche qui régnait dans la pièce. Des gouttes de sueur coulaient lentement sur ses tempes alors qu'au-dessus d'elle, elle pouvait voir nettement l'imagerie 3D de son cerveau, affichée sur deux écrans différents.

— On va pouvoir commencer.

À l'aide d'une tondeuse, le docteur rasa les cheveux au-dessus de la région où il allait devoir faire une « fenêtre » dans le crâne afin d'implanter la plaque d'électrode à la surface du cortex. Une fois la zone dégagée, il la désinfecta et apposa un champ stérile tout autour, puis il procéda à l'anesthésie locale à l'aide d'une petite injection.

Au moment de la piqûre, la jeune femme ferma les yeux.

— Ne vous inquiétez pas : à partir de maintenant, vous ne sentirez plus rien. Vous allez entendre le bruit et ressentir quelques vibrations, c'est tout. Mais ce n'est pas douloureux, je vous promets.

L'assistante tendit au docteur la scie oscillante, qu'il approcha lentement du crâne de la patiente, puis, avec des gestes sûrs, il commença à sectionner l'os pour découper le volet nécessaire.

Le bruit suraigu de la lame qui s'enfonçait dans la calotte crânienne résonna au milieu des murs de carrelage froid.

The line

6.

— Et vous pensez qu'en divorçant vous retrouverez cette liberté qui aujourd'hui vous manque tant ?

Le vieux psychiatre, assis sur un canapé de cuir usé, avait posé la question d'un air neutre et détaché, comme s'il avait voulu s'assurer que son interlocuteur ne la prendrait pas comme une raillerie, une provocation.

Le trentenaire en face de lui, assis sur une vulgaire chaise en bois qui rappelait le mobilier d'une école primaire, grimaça avant de répondre, le regard baissé.

— Je ne sais pas. Je ne sais pas si cela sera mieux. Je sais seulement que je ne suis pas bien aujourd'hui.

— Vous dites que ce qui vous manque, c'est la liberté que vous aviez quand vous étiez adolescent. Ce qui vous pèse, ce sont toutes ces responsabilités que vous ont apportées votre vie d'adulte, votre travail, votre mariage et vos enfants...

— Oui.

— Mais vous pensez qu'en divorçant vous allez redevenir un adolescent ? Que toutes ces responsabilités vont soudain disparaître ?

— Non, bien sûr... Mais je me dis que je pourrai gérer mon temps de façon plus indépendante. Je n'aime pas avoir de comptes à rendre.

— Mais si vous divorcez, Jack, ce sera seulement de votre femme, pas de votre vie. Vous aurez toujours la responsabilité de vos enfants, du moins en partie, et puis celle de votre métier... Vous aurez toujours des comptes à rendre, et même à votre ex-épouse. En réalité, l'emploi du temps d'un adulte divorcé est souvent plus compliqué que celui d'un adulte marié, vous savez ?

— Vous essayez de me dissuader de divorcer ? C'est bizarre de la part d'un psychiatre ! Je croyais qu'un psy ne donnait pas de conseils directs...

Le vieil homme sourit. Du haut de ses quatre-vingts ans, il devait avoir suivi plusieurs centaines de patients comme celui-là. Des hommes qui ne venaient pas voir un psy pour qu'il les aide à prendre une décision, mais pour se donner bonne conscience, se dire qu'ils avaient tout essayé avant de franchir le pas.

— Non. J'essaie de vous faire verbaliser les vraies raisons de ce désir de divorce, Jack, parce que je ne crois pas, moi, que ce soit simplement un désir de liberté. Si c'est le cas, j'ai bien peur que vous ne soyez déçu : vous ne serez pas plus « libre » en divorçant. Pas au sens où vous l'entendez, en tout cas.

— Vous pensez que je vous mens sur les raisons de ce divorce, alors ?

— Je pense que vous n'assumez pas encore les vraies raisons qui vous poussent à divorcer.

L'homme écarquilla les yeux, perplexe.

— Est-ce que vous aimez toujours votre femme ? reprit l'analyste.

— Je ne sais pas. Je ne suis pas sûr de savoir ce que ça veut dire, aimer quelqu'un...

— Est-ce que d'autres femmes vous attirent ?

Le trentenaire haussa les épaules. De la main droite, il attrapa la manche de la blouse blanche qui était posée sur la table basse devant lui et commença à jouer avec le tissu du bout des doigts.

— Oui. Ça arrive, bien sûr. Mais ce n'est pas une raison suffisante pour divorcer. Il y a plein d'hommes qui trompent leurs femmes sans les quitter.

— Et si vous divorciez, vous pensez que vous resteriez célibataire, ou bien que vous trouveriez une autre femme pour partager votre vie ?

— Ah non ! Célibataire ! Puisque je vous dis que je veux retrouver ma liberté ! Ce n'est pas pour me mettre avec une autre femme !

Au même moment, une porte s'ouvrit derrière le vieux psychiatre et un homme en blouse blanche entra dans la pièce en poussant une chaise roulante devant lui.

— Désolé de vous interrompre, docteur Draken, mais il y a votre fils qui est arrivé dans la résidence et qui voudrait vous voir. Il vous attend dans la salle des visites. Il va falloir mettre un terme à votre séance...

Aussitôt, le trentenaire se leva, enfila la blouse blanche posée sur la table et aida le psychiatre à se hisser vers la chaise roulante. Le vieil homme, deux ans plus tôt, avait perdu l'usage de ses jambes après une attaque cérébrale.

— Ah ! Vous devez être content, monsieur Draken ! dit le jeune homme d'une voix soudain beaucoup moins grave. C'est votre fils qui vient vous voir !

Le psychiatre, quand il fut installé dans sa chaise, adressa un regard offusqué à l'infirmier.

— Dites donc, Jack, ne me parlez pas comme à un vieux sénile ! Je suis un handicapé moteur, pas un crétin !

L'employé de la maison de retraite sourit tout en poussant devant lui l'homme qui, tous les mardis, le prenait en consultation bien qu'il ne fût plus officiellement psychiatre depuis au moins dix ans. Le directeur de l'institution avait accepté que le Dr Draken pratique encore son métier de la sorte, à titre exceptionnel... C'était un bon moyen pour lui de rester actif, de se sentir utile. Et, de fait, il apportait beaucoup aux infirmiers qui désiraient le voir.

— Il n'y a pas besoin d'être sénile pour apprécier que votre fils vienne vous voir dans votre maison de retraite, monsieur Draken ! Vous n'aimez pas votre fils ?

— Jack, vous êtes un imbécile. C'est votre femme qui devrait demander le divorce.

Le trentenaire éclata de rire alors qu'ils arrivaient dans la salle des visites, où les familles pouvaient venir passer un peu de temps avec les résidents.

Arthur Draken était là, un sac en bandoulière sur les épaules, les mains enfoncées dans les poches de son long manteau de laine sur lequel fondaient quelques flocons de neige.

— Bonjour, papa.

Le vieil homme répondit d'un vague hochement de tête.

— Qu'est-ce que tu veux ? demanda-t-il. Je n'aime pas quand tu viens ici sans prévenir. Jack et moi étions en pleine séance.

L'infirmier derrière lui fit un geste désolé.

— Bon, je vous laisse en famille, hein ? murmura-t-il avant de s'éclipser discrètement.

— J'ai besoin que tu me donnes ton avis sur quelque chose, papa.

— Arrête de m'appeler « papa ». Tu n'as plus dix ans.

— J'ai besoin que tu me donnes ton avis sur quelque chose, *Ian*.

42

— Quoi ? Une femme ? Tu t'es enfin trouvé une femme ?

— Non…

— Un problème avec un patient ?

— En quelque sorte.

— Évidemment ! J'aurais dû me douter que tu avais encore besoin de moi. Je t'ai toujours dit que tu n'avais pas l'étoffe d'un bon psy, Arthur. Qu'est-ce que tu as dans ce sac ?

— Justement, c'est ce que je veux te montrer. On peut aller dans ta chambre ?

— C'est vraiment nécessaire ?

— Oui.

Le vieil homme hésita un instant, pensif.

— Bon, d'accord, mais à une seule condition.

— Quoi ?

— Je veux une barre chocolatée.

— Pardon ?

— Va me chercher une barre chocolatée dans le distributeur.

Draken se demanda si son père était sérieux puis, voyant que le vieil homme soutenait son regard sans sourciller, il se résigna et partit, l'air consterné, de l'autre côté de la salle des visites. Quand il revint avec la friandise, son père n'avait pas bougé, il avait sur le visage un petit air moqueur et attendait sagement, les bras croisés sur sa chaise roulante.

— Voilà. On peut aller dans ta chambre, maintenant ?

— Non.

— Quoi encore ?

— Je n'aime pas celles-là.

— Tu te moques de moi, papa ?

— Arrête de m'appeler papa. J'en veux une avec des morceaux de noisettes dedans.

Draken lâcha un soupir agacé.

— Qu'est-ce que tu me fais, là ? Tu essaies juste de m'emmerder parce que je suis venu te demander un service, c'est ça ? Pour me faire payer ?

— Toi tu veux me montrer quelque chose dans ma chambre, moi je veux une barre cho-colatée avec des morceaux de noisettes dedans.

Draken secoua la tête et, las, fit de nouveau un aller-retour jusqu'au distributeur.

— C'est bon, là ? demanda-t-il en agitant la confiserie devant le nez de son père.

Le vieil homme fit un sourire exagéré.

— Parfait. On peut y aller.

Arthur passa derrière la chaise roulante et poussa le vieux psychiatre vers les ascen-seurs.

— Je vois que tu es toujours d'aussi bonne composition...

— Je suis veuf, handicapé, entouré de vieillards séniles qui pissent et chient dans leur pyjama, et mon fils n'est pas encore capable de se passer de moi pour exercer son métier. Explique-moi pourquoi je devrais être de bonne composition ?

44

— Parce que tu emmerdes tout le monde autour de toi et que tu as toujours adoré ça. Ici, en plus, tu peux le faire impunément.

Les portes de l'ascenseur s'ouvrirent devant eux.

— Je m'ennuie, Arthur, dit finalement le vieil homme en se penchant pour appuyer sur le bouton qui menait à son étage.

— C'est pour ça que tu me fais faire des allers et retours pour une barre chocolatée ? Ça trompe ton ennui de me voir faire le petit chien pour toi ?

— Un peu. Mais je m'ennuie quand même. Tout m'ennuie, ici.

— Alors tu devrais être content que je vienne te parler de mon boulot ! Ça te fait une vraie distraction.

— Ton boulot aussi m'ennuie. Je l'ai fait toute ma vie.

— Pas ça. Pas ce que j'ai à te montrer.

Ils sortirent de la cabine, suivirent le long couloir blanc dans lequel ils croisèrent d'autres résidents – dont la plupart, en effet, semblaient complètement séniles –, puis ils entrèrent dans la chambre que Ian Draken partageait avec M. Solberg, un ancien chauffeur de bus que la maladie d'Alzheimer avait rendu aphasique et incapable de se gérer seul.

— On... On ne va pas le déranger ? demanda Arthur en regardant le vieillard étendu sur son lit.

45

— Non. Il n'entend plus rien, il ne voit plus rien... Il n'est plus tout à fait ici.

Ian roula jusqu'à la table de nuit de son voisin et y déposa la barre chocolatée avec un air satisfait.

— Il adore les barres chocolatées.

— Tu sais que tu as largement les moyens de te payer une chambre pour toi tout seul, papa ? Et même si ce n'était pas le cas, je pourrais la payer pour toi...

— Je n'ai pas envie. Je l'aime bien, M. Solberg.

— Ah ça, c'est sûr qu'il ne doit pas beaucoup te contrarier...

— Il me dit encore beaucoup de choses avec ses yeux, rétorqua Ian à voix basse, comme pour lui-même.

Arthur s'approcha du poste de télévision perché sur un support mural, ouvrit son sac en bandoulière et en extirpa la vieille caméra VHS avec laquelle il avait filmé Emily Scott. Il la brancha au téléviseur et appuya sur PLAY.

— Allez, regarde ça, papa. Je veux avoir ton avis.

The world

7.

Le visage d'Emily emplit tout le cadre. Elle a les yeux grands ouverts, mais on voit bien dans son regard qu'elle n'est pas tout à fait là. Elle est à l'intérieur d'elle-même. Elle est à l'écoute de son subconscient. Ses pupilles ont des petits mouvements incontrôlés. Ses lèvres tremblent.

Soudain, la voix de Draken vient rompre le silence.

— Dites-moi ce que vous voyez, Emily. Dites-moi où vous emmène le petit train.

La patiente bouge légèrement la tête. Elle semble hésiter. Et puis, enfin, ses yeux se ferment et, d'une voix douce et monotone, elle se met à parler.

— Je suis assise dans un petit wagonnet. On dirait... on dirait un vieux train fantôme, comme dans les fêtes foraines, qui grince, qui tangue, qui avance par à-coups.

— C'est parfait, Emily. Et qu'est-ce que vous voyez devant vous ?

— Je vois un vieux temple, avec des grandes colonnes.

— Vous avez envie d'entrer à l'intérieur ?

— Je n'ai pas le choix. Le train fonce vers les portes. Elles s'ouvrent sous le choc.

— C'est très bien. Et qu'est-ce que vous voyez derrière ces portes, Emily ?

— *C'est... C'est une immense plaine verte, traversée par une large rivière qui serpente à perte de vue. De l'autre côté de la rivière, il y a une haute tour noire, en forme de clepsydre, perchée sur des pythons rocheux. La tour est entourée par un escalier de pierre qui grimpe en colimaçon vers son sommet. Au loin, j'entends une musique.*

— *Quelle musique ?*

— *C'est une musique douce, comme une comptine. Il y a la voix d'une femme qui chantonne la mélodie. Je crois qu'elle est dans la tour.*

— *Vous avez envie d'aller vers cette tour ?*

— *Je ne sais pas. De toute façon, je n'ai pas le choix. Le train me mène lentement vers le fleuve. Sur la rive, il y a un magnifique pommier aux fruits si rouges qu'on dirait qu'ils ont été peints. Et là ! Au milieu des flots, je vois un homme ! Un homme seul qui se tient debout dans la rivière.*

— *Comment est-il, cet homme ?*

— *C'est... Oui, c'est cela, c'est un roi. Il porte une couronne et de beaux habits. Et il ne bouge pas. Il est coincé au milieu de la rivière.*

— *Pourquoi ?*

— *Je... Je crois qu'il est blessé. Il est blessé à la jambe, il souffre. Il tend la main vers l'arbre, il essaie d'attraper une pomme. Mon Dieu !*

— *Qu'y a-t-il ?*

— *Il a été frappé par la foudre ! Dès que ses doigts approchent du fruit, il est frappé par la foudre ! Non. Non, ce n'est pas la foudre...*

— *Qu'est-ce que c'est ?*

— *C'est un oiseau, haut dans le ciel, avec un long cou, un bec d'aigle et de grandes ailes rouges déployées : il crache des éclairs de feu sur le pauvre roi chaque fois que celui-ci essaie d'attraper le fruit. C'est horrible ! Et maintenant l'oiseau plonge vers moi, il me frôle, et il passe de l'autre côté de la rivière. Il s'est posé là-bas, sur les épaules de... d'une espèce de grand épouvantail.*

— *Un épouvantail ?*

— *Oui. Un épouvantail, comme dans le* Magicien d'Oz, *qui se tourne lentement vers moi. Il n'a pas de visage. Il me fait peur.*

— *Vous ne craignez rien, Emily, vous êtes dans le petit train.*

— *Mais le train s'approche encore de la rivière. Et maintenant, je vois que l'eau de la rivière est rouge. Rouge sang.*

— *C'est le sang du roi ?*

— *Non. Non, ce n'est pas ça. Le sang vient de plus haut. Il coule dans la rivière. Il vient de là-bas.*

À cet instant, Emily ouvre les yeux de nouveau. Elle semble regarder à travers l'objectif de la caméra.

— *Je vois un... un rhinocéros, étendu sur la berge. Il meurt lentement. Il a les entrailles ouvertes et son sang se vide dans le fleuve.*

Je n'aime pas cela. Je ne veux pas le voir saigner.

Elle referme les yeux. Son visage s'apaise.

— *Que voyez-vous, maintenant ?*

— *Il y a un cygne qui nage dans l'eau. Il remonte péniblement le courant de la rivière et il se dirige vers moi. Non. Pas vers moi, vers le pommier. Il y a une femme qui est cachée. Elle était derrière le tronc de l'arbre, je crois. Je ne l'ai pas vue tout à l'heure. Elle sort de l'ombre. Elle est magnifique. Elle porte une couronne elle aussi, et une longue robe bleue. Ce doit être la reine. Elle marche vers le cygne, et ses pieds restent à la surface de l'eau. Elle semble flotter, elle est légère, gracieuse. D'une main, elle attrape une pomme au bout d'une branche, puis elle jette un regard noir au roi, qui n'a toujours pas bougé. On dirait qu'elle lui en veut. Elle tend le fruit au cygne. L'animal s'approche doucement, il saisit la pomme dans son bec et puis il s'éloigne.*

— *Il mange la pomme ?*

— *Non. Il la garde précieusement dans son bec et se laisse dériver au milieu du fleuve.*

Soudain, Emily pousse un cri aigu, strident. Un cri de panique. La voix de Draken intervient, douce, rassurante, paternelle.

— *Que se passe-t-il, Emily ?*

— *Des flèches ! Il y a des flèches qui sifflent dans le ciel ! Elles s'abattent autour de la reine !*

— *D'où viennent-elles, ces flèches ?*

— De la tour noire, de l'autre côté de la rivière ! Ce sont... ce sont des femmes qui tirent depuis le grand escalier en colimaçon. Elles arment leurs arcs et recommencent, encore et encore. Au sommet de la tour, il y a une vieille femme. C'est elle qui chantonne la petite comptine.

— Écoutez la comptine, Emily. Est-ce que la comptine vous rassure ?

— Non ! Non, les flèches continuent de pleuvoir ! J'ai peur pour la reine ! Elle court vers le roi, maintenant. Elle va le sauver. Elle l'attrape par la main et le tire vers la rive. Vers moi. Ils s'éloignent ensemble pour se mettre hors de portée des flèches. Et les flèches continuent...

— Ne craignez rien, Emily. Les flèches ne peuvent pas vous toucher, vous êtes en sécurité, dans le petit train. Rien ne peut vous toucher.

— La reine me regarde. Elle me regarde avec ses yeux si doux. Elle me sourit, mais c'est un sourire triste. Elle prend la couronne sur sa tête et me la tend.

— Vous avez envie de la prendre ?

— Je ne sais pas. J'ai peur. Oui, je veux la prendre.

— Alors prenez la couronne, Emily.

— Elle est brûlante ! Je me brûle les doigts !

— Alors lâchez-la !

— Je ne peux pas. Je dois la garder. La reine me l'a donnée. Et elle s'en va maintenant. Avec le roi. Ils m'ont tourné le dos et ils s'éloignent.

Il faut qu'ils aillent plus vite ! Les femmes descendent de la tour, elles vont les rattraper !

— *Comment sont-elles, ces femmes ?*

— *Elles ont... Elles ont toutes mon visage. Le même visage que moi. Elles poursuivent la reine et le roi en continuant de leur tirer dessus. Je m'écarte pour les laisser passer, mais... Là ! Derrière elles, au loin, il y a un cavalier qui arrive avec une grande cape noire !*

— *C'est l'épouvantail ?*

— *Non. Je ne sais pas. Peut-être. Il porte une sorte de masque vénitien, un masque blanc, qui sourit. Il arrive parmi les femmes, et alors elles se mettent toutes à rire, à rire comme son masque. On dirait qu'elles se forcent à rire. Mon Dieu ! Chaque fois qu'il passe près de l'une d'elles, il la drape d'un pan de sa cape et elle disparaît. Les femmes disparaissent les unes après les autres, comme englouties par la cape de l'homme masqué, et petit à petit il s'approche de la reine et du roi en fuite. Il va les faire disparaître eux aussi ! Il va faire disparaître le roi et la reine ! Je dois les sauver !*

De nouveau, Emily ouvre grands ses yeux. Elle transpire. La peur se lit sur son visage.

— *Où sont-ils maintenant ?*

— *Ils ont traversé la rivière. Ils vont vers la tour. Ce n'est pas vraiment une tour, d'ailleurs, c'est comme un immense sablier. Mais au lieu de grains de sable qui s'écoulent à l'intérieur, ce sont des êtres humains. Des hommes aux corps ligotés dans des camisoles de force. Les* uns après les autres, ils tombent au cœur de l'immense tour, ils s'entassent en bas du sablier. Il faut que le roi et la reine se dépêchent ! Ils se précipitent vers l'escalier en colimaçon et montent au sommet de la tour. Mais le cavalier est juste derrière eux, tout proche, prêt à les faire disparaître sous sa cape, et il ne reste plus que trois hommes qui vont s'écouler dans le sablier ! Je ne peux pas le laisser faire ! Je dois l'en empêcher !

— Pourquoi ?

— Je ne veux pas qu'ils disparaissent ! Et il ne reste plus qu'un homme dans le grand sablier. Ils sont tout en haut de la tour et il va les rattraper. Je dois y aller. Je dois arrêter ça ! Je descends du train ! Oh ! Mon Dieu ! L'homme masqué m'a vue. Il me regarde !

La jeune femme, les mains attachées sur le fauteuil médical, s'agite de plus en plus. Elle semble sur le point de faire une attaque.

— N'ayez pas peur, Emily. Ici, vous ne craignez rien. Il ne peut rien vous faire.

— Le cavalier tend les mains vers la rivière ! L'eau ensanglantée se dresse devant moi, comme un grand rideau rouge qui m'empêche de passer ! Je ne vois plus le roi et la reine, je ne vois plus la tour ! J'entends seulement le rire de l'homme masqué par-delà le grand rideau de sang. Il se moque de moi. J'ai peur. Je tombe à genoux. Je ne veux pas regarder. Je baisse les yeux.

— Vous pouvez regarder Emily. Il ne peut rien vous arriver.

— J'ai peur.
— Non. N'ayez pas peur. Regardez Emily. Levez la tête et regardez.
— Au-dessus de moi, il y a un œil gigantesque qui emplit tout le ciel. Il me regarde. Il regarde le monde entier. Je voudrais le supplier de les sauver, de sauver la reine et le roi, mais il ne m'entend pas. Il ne me comprend pas. Lentement, ses paupières se ferment, et alors tout devient noir. Tout disparaît. Tout a disparu.

Elle pousse un hurlement strident.

— C'est une flèche. J'ai reçu une flèche dans la nuque !

Soudain, les pupilles d'Emily s'agrandissent. L'expression sur son visage change.

Sept minutes ont passé. Dans son cou, une nouvelle piqûre l'a sortie de son état d'hypnose.

Elle est là, de nouveau. Et elle a tout oublié.

The line

8.

— Qu'est-ce que vous avez foutu, nom de Dieu ?

— Eh bien, comme prévu, capitaine : j'ai emmené Emily Scott faire un tour.

— Ne vous moquez pas de moi, Gallagher ! Vous êtes parties près de deux heures, et vous n'étiez pas dans le parc de Fort Greene !

Lola poussa un soupir. Elle n'aimait pas mentir à Powell, même par omission.

— Où est-ce que vous l'avez emmenée, précisément ? insista son supérieur.

— Chez le Dr Draken.

— Pardon ?

— Je l'ai emmenée faire une séance d'hypnose chez Draken.

— Vous n'êtes pas sérieuse ?

Lola haussa les épaules.

— Vous m'avez demandé d'obtenir des résultats rapidement, j'ai fait ce que j'avais à faire. Draken est l'un des meilleurs psychiatres pratiquant la thérapie par l'hypnose de tout New York, si ce n'est *le* meilleur.

— Oui, c'est vrai, mais c'est aussi un type qui n'en fait qu'à sa tête, comme vous ! Ça ne m'étonne pas que vous vous entendiez si bien ! Vous n'aviez pas le droit d'emmener Emily Scott chez lui sans l'autorisation du procureur !

— C'est pour ça que je ne vous ai rien dit, glissa Lola dans un sourire embarrassé.

— Vous trouvez ça drôle ? Je viens de me faire insulter par l'agent Turner pendant une demi-heure non-stop au téléphone, et

55

maintenant je vais devoir trouver une explication pour le procureur...

— Bon courage.

— Bon courage ? C'est vous qui allez avoir des ennuis, ma petite Gallagher, s'il est de mauvais poil !

— Je suis sûre que vous allez me couvrir, capitaine. J'ai seulement fait ça parce que vous m'avez demandé d'avancer plus vite sur cette affaire avant que le FBI ne nous la pique. Aux grands maux les grands remèdes.

Le quinquagénaire prit ses tempes grisonnantes dans ses mains d'un air désespéré.

— Dites-moi, Gallagher, je vous en supplie, dites-moi au moins que ça a servi à quelque chose ?

Lola fit une moue indécise.

— Eh bien... Pour tout vous dire... Je ne sais pas. Je n'ai pas vraiment eu le temps de demander à Draken. Mais il avait l'air de dire qu'il y avait... du positif.

— Du positif ? Alors appelez-le et demandez-lui ! Moi, je ne veux plus l'avoir au téléphone, ce type me sort par les yeux !

— Il nous a pourtant souvent donné de sacrés coups de main.

— Ça ne change rien. Il m'énerve. Appelez-le, et si vraiment il a obtenu des résultats, je verrai ce que je peux faire. Mais dans les règles, Gallagher, dans le respect des règles. S'il faut qu'Emily le revoie, nous le ferons dans le cadre de la loi, c'est bien compris ?

Lola hocha la tête mais, au fond, elle n'était pas tout à fait sûre d'avoir envie de continuer l'expérience. Powell avait raison sur un point : Draken n'en faisait qu'à sa tête, il était incontrôlable, et ils prendraient un véritable risque en le laissant continuer ses séances... À vrai dire, bien qu'elle ne pût l'avouer au capitaine, elle regrettait déjà d'avoir mis le doigt dans cet engrenage.

9.

— Alors ? demanda Draken en débranchant le caméscope de la télévision. Tu en penses quoi ?

Le vieil homme, assis sur sa chaise roulante, écarta les mains d'un air perplexe.

— J'en pense que tu fais un exercice illégal de la médecine. Ton sérum n'a pas reçu la validation de l'AMA[1], et pour cause.

— Ce n'est pas ce que je te demande...

— Et moi c'est ce que j'ai à te répondre. C'est dangereux, ce que tu fais, Arthur.

— Arrête... Je fais ça avec la surveillance d'un neurophysiologiste, je ne prends aucun risque. Et là, c'est un cas exceptionnel. C'est pas une patiente ordinaire. L'hypnose traditionnelle

---

1. *American Medical Association.*

ne suffirait pas. Allez, dis-moi : tu en penses quoi ?

— Je ne comprends pas ce que tu attends de moi. Tu essaies de m'impressionner avec ton invention ? Tu as besoin de reconnaissance paternelle ? Comme quand tu as sorti ton bouquin ?

— Tu ne l'as même pas lu...

— *La Pensée magique dans la psychanalyse* ! Tu ne crois quand même pas que je vais lire un livre avec un titre pareil ! se moqua le patriarche.

Draken poussa un soupir. Son père n'avait jamais su communiquer avec lui autrement que par l'humiliation. Sans doute une façon pour lui de motiver son fils, de le pousser à donner toujours le meilleur de lui-même, l'obliger à ne jamais se satisfaire de l'à-peu-près... Mais à présent, les années avaient passé, et il aurait aimé pouvoir parler plus sereinement avec ce vieil ours mal léché qu'il admirait tant.

— Je veux juste que tu me donnes ton avis sur cette vidéo. Cette femme...

— ... est amnésique, le coupa le vieil homme.

Draken fronça les sourcils.

— Comment tu le sais ? Je ne t'ai rien dit.

— C'est évident. Elle voyage dans ses souvenirs comme en territoire étranger. Et c'est toi qui la pousses à faire ce voyage. J'en déduis que tu veux qu'elle retrouve la mémoire.

58

— Et alors que penses-tu de son voyage, justement ?

Ian secoua la tête.

— Tu n'es pas capable d'y réfléchir tout seul ?

— J'ai envie d'avoir ton avis. Tu as... plus d'expérience que moi.

— Je me demande pourquoi tu as mis cette phrase de Nietzche dans ton cabinet : *Werde, der du bist*[1]. Tu aurais mieux fait de mettre du Horace. *Sapere aude*[2].

— Papa...

Le vieil homme gratta lentement la barbe naissante sur ses joues.

— À ton avis, de quoi parle-t-elle, ta patiente ?

— De ses souvenirs. Ou du moins des images qu'il en reste dans son subconscient. Elle utilise des images très proches de celles qu'on fabrique dans nos rêves. Ce sont des allégories de son passé...

— Pas uniquement.

— Comment ça ?

— Elle ne parle pas que de son passé, Arthur. Elle parle aussi de l'avenir.

— Comment peux-tu en être sûr ?

Ian leva les yeux au plafond comme si la chose était évidente.

---

1. « Deviens qui tu es. »
2. « Ose savoir ! » (souvent traduit par « Aie le courage de te servir de ton propre entendement »).

— Pourquoi filmes-tu les séances, Arthur ?

— Eh bien... Pour les analyser plus tard. Avec le sérum, les informations sont très condensées. La séance ne peut pas durer plus de sept minutes, mais il se passe beaucoup de choses en sept minutes... Je prends des notes, bien sûr, enfin... je fais des croquis. Mais je n'ai pas le temps de tout noter.

— D'accord, mais si tu les filmes, c'est bien que tu ne te contentes pas du son, Arthur...

— J'aime bien garder une trace des réactions physiques du patient. Le mouvement de ses pupilles, les grimaces, les gestes brusques, les expressions...

— Eh bien, visiblement, tu ne sais pas les interpréter correctement.

Le vieil homme, comme pour expliquer ce qu'il voulait dire, se tourna vers M. Solberg.

— Les yeux, Arthur, il faut que tu apprennes à regarder les yeux des gens.

— Pourquoi tu dis ça ?

— Tu ne veux quand même pas que je te mâche le travail ? Cela se voit dans ses yeux : ta patiente mélange le passé et l'avenir. Ses souvenirs, et ses craintes. Elle a peur d'une chose qui n'est pas encore arrivée. Quelque chose de grave, qui ne s'est pas encore produit.

— Tu n'es quand même pas en train de me dire qu'elle lit l'avenir ?

— Et pourquoi pas ? Les météorologues font ça tous les matins à la télévision.

— Ian ! Sois sérieux...

— Je te dis qu'elle parle de quelque chose qui n'est pas encore arrivé et qui lui fait peur.

— Le cavalier qui va faire disparaître le roi et la reine ?

Le vieil homme hocha la tête.

— Entre autres.

— Qu'est-ce que ça veut dire ?

— Tu n'es pas venu me voir pour que je décode l'intégralité de la vision de ta patiente à ta place, j'espère ?

— Non.

— De toute façon, il va te falloir faire d'autres séances. Creuser tout ça. Lui demander de se concentrer sur telle ou telle image. Tu es trop pressé, Arthur. Comme toujours. Tu ne vas pas tout comprendre en une seule séance.

— Je sais.

— Alors qu'attends-tu de moi ?

— Je veux que tu me dises si je dois continuer. Si tu crois qu'elle a des chances de retrouver la mémoire par ce biais-là.

— Tu en doutes ?

— Disons que... Tu l'as dit toi-même : c'est une technique risquée.

Le vieil homme fit un large sourire.

— Ah ! C'est une technique risquée ! Et mon petit Arthur n'aime pas prendre des risques ! Mon petit Arthur préfère rester derrière son bureau et écrire des livres sur la pensée magique !

61

— Si tu étais à ma place, tu continuerais ?

— Si j'étais à ta place, je ferais un autre métier.

— Tu as peur que je devienne meilleur que toi, papa ?

Le vieil homme éclata de rire, et son rire se transforma en toux grasse. Son voisin de chambrée se retourna sur son lit, mais il n'ouvrit même pas les yeux.

— Je n'ai jamais eu besoin d'utiliser un sérum, moi...

— Alors tu ne veux pas m'aider ?

Ian Draken posa les mains sur les roues de sa chaise et s'avança vers son fils. Il le dévisagea un long moment, comme s'il le jaugeait, avant de dire, d'une voix qui signifiait clairement que la conversation s'arrêterait là :

— Tu la pousses trop, Arthur. Tu ne lui laisses pas le temps de fouiller les images qu'elle reçoit. Tu veux aller trop vite. Ton sérum en est la preuve : tu veux aller trop vite, et tu es même prêt à utiliser une méthode illégale et dangereuse pour gagner du temps. Tu voudrais qu'elle retrouve la mémoire, alors que cette femme essaie de te parler de quelque chose qui lui fait peur dans l'avenir, pas dans le passé. Réécoute bien ce qu'elle dit. Elle a utilisé deux fois l'expression « je n'ai pas le choix ». Elle sait qu'un événement inéluctable est sur le point de se produire, qu'elle en sera le témoin impuissant, et c'est cela qui la ronge. Si tu veux qu'elle ouvre les yeux sur

62

son passé, aide-la d'abord à se rassurer sur son avenir, Arthur. Si tu y parviens, par la même occasion, cela me rassurera, moi, sur le tien.

Wait

10.

Par miracle, Lola trouva une place en plein cœur de Chelsea et y gara la Chevrolet.

— Et toi ? Ta journée s'est bien passée, maman ?

Elle hésita.

— Plus ou moins... Je suis sur une affaire un peu compliquée en ce moment.

— Quoi ?

— J'essaie d'aider une femme amnésique à retrouver ses souvenirs.

— Pourquoi ?

— Parce que des gens ont voulu l'assassiner, et j'aimerais comprendre pourquoi. Allez, descend, Adam ! Ton oncle nous attend.

Le garçon obéit et rejoignit sa mère sur le trottoir. Main dans la main, ils traversèrent la rue dans l'obscurité de cette soirée d'hiver et s'approchèrent du petit immeuble bourgeois où habitait le frère de Lola.

— Tu sonnes à l'interphone ?

Le garçon s'exécuta. Il appuya sur un bouton qui portait le nom de « Coleman ». Quelques secondes plus tard, un grésillement électrique annonça l'ouverture de la porte de l'immeuble. Ils se dirigèrent vers l'ascenseur. Lola s'efforçait de masquer son appréhension. C'était la première fois que son fils allait voir Chris depuis l'annonce officielle de son cancer. Elle espérait que ni l'un ni l'autre n'allait craquer. Que les choses seraient comme avant... Mais à l'évidence, les choses ne seraient plus jamais comme avant.

— Maman ?

— Quoi ?

— Pourquoi oncle Chris il s'appelle Coleman ? Pourquoi il s'appelle pas Gallagher, comme toi ? Si c'est ton frère, il devrait s'appeler comme toi, non ?

Le visage de Lola se rembrunit. Elle avait fini par oublier qu'un jour, nécessairement, son fils poserait cette question. Adam avait onze ans, maintenant, il commençait à se poser des questions d'adulte. Une à une, ces choses que l'on n'avait pas besoin d'expliquer à un enfant s'effaçaient devant sa sagacité.

— Eh bien... Ce n'est pas à moi de te le dire, Adam. Il faudra que tu demandes à Chris, s'il veut bien te raconter.

— Pourquoi ?

— Parce que c'est son choix... C'est lui qui a décidé de changer de nom, pour des raisons... qui le regardent. Tu n'auras qu'à lui demander.

— Non, dis-moi, toi ! Je ne vais pas oser lui demander !

— Je lui ai promis de ne jamais parler de ça, Adam. Et tu sais que je tiens toujours mes promesses.

— Mais c'est vraiment ton frère ?

Lola sourit.

— Oui ! Évidemment !

— Alors pourquoi il s'appelle Coleman ?

— Tu n'auras qu'à lui demander, répéta sa mère en souriant.

Le petit garçon soupira, déçu, et ils arrivèrent sur le palier où habitait Chris.

Le grand et large graphiste apparut derrière la porte, ses yeux verts brillant d'émotion, et Adam lui sauta aussitôt chaleureusement dans les bras.

— Hou là ! Doucement, jeune homme ! dit Chris en le serrant contre lui. Mon Dieu, tu commences à peser ton poids, hein !

Il le reposa sur le palier et embrassa sa sœur. Lola fit attention à ne pas trop appuyer cette accolade, ne pas donner à son frère l'impression qu'elle était triste pour lui, qu'elle avait pitié... Elle voulait l'embrasser comme elle l'avait toujours embrassé, lui parler comme elle lui avait toujours parlé.

— Ça sent bon ! dit-elle en découvrant le délicieux fumet de viande rôtie qui se dégageait de la cuisine.

C'était un bel et grand appartement moderne, haut de plafond et décoré avec goût. Il n'appartenait pas à Chris, mais à l'un de ses anciens et riches amants qui, parti en Italie, lui avait proposé de le « garder » pendant son absence... absence qui durait maintenant depuis deux ans au moins. Ici, rien n'était laissé au hasard : tout le mobilier de design contemporain était assorti, les couleurs des tableaux répondaient aux tons de l'appartement, aux dominantes orangées, blanches et bleues. Chaque bibelot s'intégrait parfaitement au décor, et même les beaux livres, posés ici et là avec une fausse négligence, se mariaient joliment à l'ensemble.

Comme chaque fois qu'il les recevait, Chris avait dressé une belle table dans le grand salon et préparé, sans doute, un excellent dîner.

— Heureusement que je t'avais demandé de ne pas faire de manières ! se moqua Lola en regardant les bougies éparpillées dans la pièce.

— Je ne vois pas pourquoi je changerais mes habitudes !

Lola et son fils s'installèrent sur le grand canapé et Chris leur fit face dans un large fauteuil de cuir blanc.

— Alors, Adam ? Tout se passe bien à l'école ?

— Ça va...

— Laisse-moi deviner : tu as toujours d'aussi bonnes notes et tu n'as toujours pas d'amoureuse ?

Le petit garçon haussa les épaules. Il regardait son oncle avec une sorte d'insistance gênée, et Lola n'arrivait pas à savoir si c'était à cause du cancer ou de cette histoire de noms différents. Une chose était certaine, son frère devait le remarquer et cela la mettait mal à l'aise.

Chris attrapa un paquet posé sur la table basse et le tendit à son neveu.

— Tiens, c'est pour toi.

— Un cadeau ? Mais ce n'est pas mon anniversaire !

— Et alors ? Ouvre !

Adam adressa un regard à sa mère, comme s'il avait besoin de son consentement, puis il s'empressa de déballer le paquet. Quand il découvrit la petite console de jeu Nintendo DS à l'intérieur, ses yeux s'arrondirent comme deux immenses calots. Cela faisait plusieurs Noëls de suite qu'il en avait réclamé une à sa mère, laquelle avait toujours refusé, pas uniquement pour des questions d'argent, mais aussi parce qu'elle avait une fort mauvaise image de ces petits boîtiers diaboliques. Le garçon resta un moment bouche bée, puis se leva et sauta au cou de son oncle pour l'embrasser.

— Chris ! Tu es fou ! Ce n'était pas nécessaire, intervint Lola.

— C'est le propre des cadeaux, non ?

Elle ne répondit pas. Elle n'aimait pas ce qui se cachait derrière cet élan de générosité. Il y avait, à l'évidence, quelque chose de fataliste dans le geste de Chris.

— Tu travailles sur quoi, en ce moment ? demanda-t-elle plutôt, alors qu'Adam, enfoncé dans le canapé, commençait déjà à jouer avec sa console l'air fasciné.

— Comme d'habitude. Des maquettes pour des magazines, des affiches, des flyers... Rien de neuf. Et toi ?

— Tu es allé voir le docteur Williams ?

Elle regretta aussitôt sa question. Elle s'était juré de ne pas parler de ça, mais à présent qu'elle avait son frère en face, c'était plus fort qu'elle. Elle n'arrivait pas à faire semblant.

Le graphiste soupira.

— Non, pas encore.

— Qu'est-ce que tu attends ?

— Je vais y aller ! On n'est pas à deux jours près...

— Eh bien... Si, en fait.

Chris fit un geste las de la main, puis il vint s'installer près de son neveu pour le regarder jouer avec sa console.

Pendant tout le reste de la soirée, il ne fut plus question de médecin, de cancer, de thérapie... et pourtant, Lola ne sut penser à rien d'autre. Son frère ne pouvait lui mentir : derrière ses plaisanteries, ses rires, ses cadeaux, sa légèreté, il était terrifié. Bien plus terrifié, même, qu'elle ne l'avait imaginé.

Whispering wind

11.

Au petit matin, la jeune femme sortit lentement de la brume cotonneuse de son anesthésie.

En temps normal, les neurochirurgiens préconisaient d'attendre au minimum trois jours après l'implantation de la plaque d'électrode à la surface du cortex pour passer à l'étape suivante : la pose du stimulateur et de la batterie en sous-cutané.

Ils avaient attendu à peine vingt-quatre heures.

L'opération était courte, mais extrêmement douloureuse, et se pratiquait donc cette fois sous anesthésie générale : on incisait une petite poche au niveau de la région sous-claviculaire pour y installer le stimulateur, lequel était relié à la plaque d'électrode par une rallonge qui passait sous la peau, derrière l'oreille.

— Comment vous sentez-vous ?

La jeune femme, emmitouflée dans une couverture chauffante, peina à répondre.

— Engourdie...

— C'est normal. Pas de nausée ?

Elle se contenta de bouger lentement la tête, d'un air indécis.

— Vous savez où vous êtes ?

— Au Centre.

— Et pourquoi vous a-t-on endormie ?

— Pour... Pour m'implanter le stimulateur.

— Parfait. Restez tranquillement allongée. Je reviens vous voir dans une petite heure.

De fait, le docteur revint une heure plus tard dans cette salle de réveil de fortune. Quand il rouvrit la porte, la jeune femme, toujours étendue sur son lit, était en sanglots.

— Je... Je ne sais pas ce qui m'arrive, murmura-t-elle d'un air gêné.

— C'est une réaction courante, après une anesthésie générale. Pas d'inquiétude. Il y a des gens qui ont des signes bien plus étranges que cela en se réveillant, je vous assure. Bien, maintenant, vous allez essayer de vous lever.

Le docteur fit quelques pas en arrière, comme s'il voulait l'observer attentivement avec une vue d'ensemble.

La jeune femme tourna la tête, le regarda, inquiète, puis, comme il continuait de la fixer sans mot dire, elle commença à se redresser.

70

Elle tremblait légèrement, ses gestes étaient lents, mal assurés, mais elle finit par se retrouver en position assise, au bord du lit.

— Allez-y.

Elle posa un pied à terre, puis l'autre et, au prix d'un effort qui sembla surhumain, elle se mit enfin debout.

Un sourire se dessina sur le visage du docteur.

— J'ai l'impression que cela a marché, dit-il.
— Comment ça ?

Au lieu de lui répondre, le docteur enfonça la main dans la poche de sa blouse blanche et en sortit une petite boîte de médicaments.

— Tenez, attrapez ça !

Il lança doucement la boîte en direction de la jeune femme, comme on envoie un morceau de sucre à un chien, mais celle-ci resta immobile, paralysée, et la boîte vint cogner contre son buste avant de tomber sur le sol. La patiente ouvrit la bouche d'un air perplexe.

Le sourire s'agrandit sur les lèvres du docteur.

— Parfait.

The line

12.

— Adam, tu laisses la Nintendo dans la voiture, je te la rendrai ce soir après tes devoirs. Allez, dépêche-toi, les portes de l'école vont fermer !

Le petit garçon passa le buste par-dessus le fauteuil passager pour embrasser sa mère, puis ouvrit sa portière.

— Oh ! Maman ! Regarde ! s'exclama-t-il d'un air réjoui. Il y a Arthur devant l'école !

Lola fronça les sourcils et regarda par la vitre. En effet, Draken était là, emmitouflé dans son long manteau noir, qui attendait sur le trottoir.

Elle poussa un soupir, mit ses feux de détresse et sortit de la voiture. À quelques pas de là, Adam était déjà dans les bras de Draken.

— Ça va, bonhomme ?

— Oui ! Mon oncle Chris m'a offert une DS !

— Eh bien ! Il est gentil ton oncle ! Tu as de la chance.

— Qu'est-ce que tu fais là ? intervint Lola d'un air mécontent.

— Il faut que je te parle. Et vu que tu ne réponds pas quand je t'appelle, je me suis dit que le mieux était de venir te voir ici.

Elle fit signe à son fils de se dépêcher.

— File, Adam ! Tu vas encore être en retard !

Le garçon envoya un baiser de la main à sa mère, salua Draken et partit en courant vers l'école en prenant garde à ne pas glisser sur le trottoir couvert de neige.

— Je n'aime pas qu'on me force la main, Arthur. Si je ne t'ai pas répondu, c'est que j'avais une bonne raison.

— Tu as des soucis ?

Elle répondit par une autre question :

— Qu'est-ce que tu as de si urgent à me dire ?

Draken la regarda d'un air inquiet, comme s'il craignait sa réaction.

— Il faut que tu me laisses faire d'autres séances avec Emily Scott.

Gallagher parut étonnée. Le psychiatre ne montrait jamais, d'ordinaire, de grand enthousiasme à travailler pour la police ; il ne le faisait que par amitié pour Lola.

— Pourquoi ?

— Parce que j'ai trouvé des choses intéressantes en regardant la vidéo de la séance, et que nous devons aller plus loin.

— Tu as utilisé ton sérum ?

Draken hésita. Mentir n'était pas la bonne option à moyen terme. Et, de toute façon, il le savait depuis longtemps : on ne pouvait pas mentir à Lola Gallagher.

— Oui.

Lola laissa sa tête retomber en arrière d'un air catastrophé.

— J'en étais sûre ! T'es vraiment un grand malade ! Je t'ai demandé de ne prendre aucun

73

risque, et toi tu utilises un produit illégal ! Comment tu peux faire ça, avec ce qui s'est passé ?

— Je n'ai pris aucun risque, la coupa Draken. Ben Mitchell, mon ami neurophysiologiste, était avec moi, tu te souviens ? Et je ne lui ai injecté qu'une faible dose. C'est sans danger.

— C'est pas pour autant que c'était légal !

— Chacun ses petits arrangements avec la légalité, Lola. Toi tu n'avais pas l'autorisation de l'emmener chez moi...

— Et je n'aurais pas dû le faire ! La discussion est close.

Elle fit volte-face et marcha vers sa voiture.

— Lola ! Il faut que tu me laisses faire de nouvelles séances !

— Non.

— Sous hypnose, Emily a parlé d'un événement... Un événement grave qui ne s'est pas encore produit, et qui lui fait peur.

Lola s'arrêta et dévisagea son ami.

— Je croyais que tu fouillais ses souvenirs ?

— Oui... Mais visiblement, dans son subconscient, elle est préoccupée par cet événement qui ne s'est pas encore produit.

— Quel événement ?

— Je ne sais pas. Peut-être la disparition de deux personnes. Un rapt, un enlèvement, ou pire, un meurtre...

Le détective resta bouche bée. Elle n'avait pas dit un mot de son enquête à Draken et,

74

a priori, il ne pouvait pas être au courant de l'histoire d'enlèvement dont avait parlé Emily Scott sur les vidéos de surveillance du musée, avant qu'elle devienne amnésique. Cela ne pouvait pas être une coïncidence. Le psychiatre avait-il vraiment trouvé quelque chose ?

Elle poussa un soupir.

— Pour l'instant, je n'ai pas le droit de te l'amener, Arthur. Si on m'en donne l'autorisation, j'y réfléchirai.

— Il faut que tu insistes auprès de Powell !

Lola dévisagea son ami.

— Pourquoi ça te tient tant à cœur ? T'es tombé amoureux d'elle, ou quoi ?

Draken écarta les mains d'un air amusé.

— C'est un cas intéressant, c'est tout.

A new day

13.

John Singer, à trente-cinq ans, était l'un des hommes les plus recherchés des États-Unis, sans que personne ne connaisse encore son

nom. Peu de gens avaient vu son visage rondouillard, ses courts cheveux blonds coiffés en
brosse et son regard dur et intelligent. Fondateurs secrets d'*Exodus2016*, sa femme et lui
vivaient dans l'ombre depuis près d'une
dizaine d'années, changeaient régulièrement
d'adresse, s'enregistraient dans des hôtels sous
des noms d'emprunt et payaient tout en
liquide. Cette cavale des temps modernes les
avait rendus teigneux et inséparables. Elle leur
avait aussi probablement sauvé la vie plus
d'une fois.

— Nous ferons donc bien la conférence de
presse le 24 janvier dans un salon du Citigroup Center, annonça-t-il tout en prenant
place devant la webcam installée au sous-sol
de leur local du Meatpacking District[1].

L'adresse, bien sûr, n'était pas officielle. Une
société de confection de vêtements au rez-de-
chaussée leur servait de couverture. Ici, seuls
John et sa femme avaient le droit d'entrer. Les
membres du Bureau ne se croisaient presque
jamais. Ils communiquaient exclusivement par
e-mail, ou, plus rarement, par visioconférence,
comme c'était le cas aujourd'hui.

En quelques années, Exodus2016 s'était
imposé comme le plus puissant collectif de
« lanceurs d'alertes » de la planète. Avec plus

---

1. Ancien quartier des abattoirs de New York, situé à Manhattan, entre Chelsea et Greenwich Village, devenu très branché
depuis une vingtaine d'années.

de moyens, une organisation plus complexe et une politique plus agressive, il avait même supplanté le sulfureux WikiLeaks à l'échelle internationale. Souvent à la frontière de l'illégalité, leur site diffusait au plus grand nombre des documents confidentiels, sensibles ou censurés, sous couvert de liberté d'expression, quand ces cyberjournalistes d'investigation estimaient que les documents en question mettaient au jour une menace pour l'homme, pour la société ou pour l'environnement. À grands coups de scandales, Exodus2016 était devenu la bête noire des gouvernements, des services de renseignement ainsi que des multinationales, mais bénéficiait d'un large soutien de la communauté des internautes et de certains médias. Régulièrement, leurs dossiers brûlants étaient relayés par de grands journaux réputés sérieux, comme le *New York Times* aux USA ou *The Guardian*, *Le Monde* ou *Die Welt* en Europe, et ils touchaient alors un public bien plus vaste, qui débordait largement de la seule sphère Internet. À leur actif, on comptait la dénonciation de nombreux cas de corruption gouvernementale en Afrique, de paradis fiscaux, de dysfonctionnements bancaires en Suisse, de manipulation d'information sur des questions environnementales par plusieurs pays occidentaux, de dérives sectaires commises par l'Église de scientologie, de bavures américaines lors des guerres en Afghanistan et en Irak, etc.

En somme, ils étaient devenus le petit grain de sable dans le grand mécanisme de la mauvaise foi organisée du monde moderne.

Considéré tantôt comme un dangereux pirate, tantôt comme un militant anticapitaliste, ou encore comme un grand défenseur de la liberté, John Singer revendiquait, lui, l'héritage de Daniel Ellsberg[1] et de tous les anonymes qui, un jour, avaient permis au public de découvrir des scandales comme celui du Watergate, de l'Irangate ou celui du camp de Guantánamo.

— Je persiste à dire que ce n'est pas idéal du point de vue de la sécurité, intervint l'un des membres du Bureau sur le petit écran.

— Personne ne nous attend là-bas, répliqua Cathy Singer, installée à côté de son mari. Et l'adresse exacte ne sera révélée aux journalistes que quelques minutes avant la conférence.

— Désolé, mais je ne comprends toujours pas pourquoi vous voulez faire une conférence en chair et en os. On a toujours fonctionné avec des communiqués et des vidéos sur le Web, c'est notre marque de fabrique.

— Ce sera notre entrée dans le monde réel. Il est grand temps que nous nous incarnions. Les journalistes ne nous prendront pas tota-

---

1. Analyste américain qui avait confié au *New York Times* en 1971 sept mille pages de documents top secret concernant la guerre du Viêt Nam, connus sous le nom de *Pentagon Papers*.

lement au sérieux tant qu'ils ne pourront pas mettre un visage sur notre groupe.

— On les emmerde, les journalistes !

— Non, Steve. C'est les gouvernements et les corporations, qu'on emmerde. Pas les journalistes. On a besoin d'eux.

— C'est plutôt eux qui ont besoin de nous...

Steve H. était le seul des interlocuteurs de la visioconférence à prendre la parole. C'était un membre important du groupe, un homme brillant, mais c'était aussi le plus fondamentaliste, et donc le plus difficile à convaincre.

— Si nous n'agrandissons pas rapidement notre audience, expliqua Singer, dans un an ou deux, nous serons morts et enterrés. Tu n'es pas sans savoir que le gouvernement a demandé aux sociétés financières de nous boycotter. Visa, Mastercard, Western Union... Ils sont tous en train de nous faire une chasse aux sorcières, et sans système de paiement, il devient de plus en plus difficile de recevoir des dons... Or, nous ne sommes financés que par les dons. À moins que tu aies envie qu'on se mette à faire de la publicité sur notre site ou qu'on soit financés par le gouvernement ?

— Non ! Bien sûr ! Mais je ne vois pas en quoi cette conférence pourra changer les choses.

John Singer poussa un long soupir. S'il était reconnu comme le leader du groupe, il n'en restait pas moins que sa voix ne comptait pas plus que celle de n'importe quel autre membre du Bureau. C'était leur philosophie depuis le départ. Un esprit d'équité, de partage, sur le modèle de ce qu'ils faisaient en ligne. Liberté d'expression pour tous, et transparence de chacun. Parfois, cette belle philosophie avait des inconvénients.

— Cela va nous permettre d'humaniser notre discours, Steve, et de toucher un public beaucoup plus large. Cathy et moi allons parler directement aux gens, leur montrer comment les gouvernements et les multinationales essaient de nous faire taire, de nous étouffer, et qu'à travers nous ce sont les populations qu'ils essaient de faire taire.

— Peut-être, mais je trouve ça dangereux de vous exposer comme ça tous les deux au public. Jusqu'à présent, nous étions des fantômes. Ça fait peur, les fantômes. Après cette conférence, il va y avoir votre tête dans tous les journaux, à la télé, sur le Web...

— Oui, les fantômes, ça fait peur. Mais justement, nous ne voulons plus faire peur, nous voulons être pris au sérieux. Nous voulons que les gens ne nous prennent plus pour des petits adolescents boutonneux, des petits hackers désorganisés planqués derrière leurs machines. Il faut que le public voie que nous sommes sérieux, que nous sommes tangibles et donc fiables, professionnels.

— J'espère que vous ne faites pas ça pour la notoriété !

— Tu nous connais mieux que ça, Steve.

— Vous n'avez pas peur que les internautes prennent ça pour un sursaut d'orgueil ?

— Si nous nous expliquons clairement, ils comprendront vite que ce n'est pas le cas. Je ne vois pas pourquoi tu remets la chose en question aujourd'hui. Cette décision a déjà été soumise au vote du Bureau.

— Je ne sais pas. Je le sens mal. C'est une occasion en or pour nos ennemis.

John Singer regarda les trois autres visages qui apparaissaient dans des fenêtres de son écran.

— L'organisation de cette conférence de presse nous a demandé beaucoup de travail. Et ce travail portera ses fruits. La chose a déjà été entendue. Quelqu'un veut revenir sur les résultats du vote ?

Personne ne broncha, pas même Steve H.

— Bien. Alors il en sera ainsi. La conférence de presse aura bien lieu le 24 janvier dans un salon du Citigroup Center, et ce sera pour nous un grand virage dans notre histoire.

— Espérons que ce virage ne nous soit pas fatal, ajouta son interlocuteur à voix basse.

— Espérons, acquiesça Singer. Car c'est peut-être notre seule chance de survie.

Between good and bad

14.

À la troisième tentative, la serrure céda enfin.

Le détective Phillip Detroit rangea la *bump key* de crochetage et le petit marteau dans la poche intérieure de son manteau, puis pénétra rapidement dans l'appartement de Chris Coleman.

Le mystérieux Chris Coleman, mentionné dans le courrier du médecin adressé à Lola. Il avait tout pour être son frère, sinon un nom de famille différent. Et Detroit, qui avait horreur des énigmes irrésolues, avait bien l'intention de démêler celle-là. Depuis qu'ils étaient devenus des amants occasionnels, Phillip et Lola partageaient beaucoup de choses. Merde, ils partageaient même leur salive ! Un jour, elle avait mentionné l'existence d'un frère qui s'appelait Chris, et puis elle n'en avait plus jamais reparlé. Il y avait quelque chose de louche, là-dessous. Trop louche pour ne pas fouiller.

La curiosité est un vilain défaut, Phillip...

Le spécialiste haussa les épaules et referma délicatement la porte derrière lui de ses mains gantées.

Ouais. Je sais. Je suis un sale type.

C'était un appartement moderne, spacieux et luxueux. Mobilier design, bibelots, tableaux, beaux livres... Nulle part, dans les revues posées ici et là, dans les posters, les peintures, on ne pouvait échapper aux références à la culture gay new-yorkaise.

Detroit s'aventura vers le milieu du salon. Sur un petit cadre photo en aluminium, il trouva la confirmation de l'évidence : Chris Coleman, ce grand gaillard rouquin d'une quarantaine d'années, posait entre Lola Gallagher et son fils Adam. Leur ressemblance physique sautait aux yeux.

Il n'y avait que deux explications possibles : soit l'un des deux utilisait un nom d'emprunt, soit ils étaient demi-frère et sœur.

Le détective se dirigea alors vers le grand bureau qui trônait de l'autre côté de la pièce. Dessus, un ordinateur Apple à écran large, une table graphique, des croquis, des feutres, des papiers...

Il sortit une clef USB de sa poche et la glissa dans un port du Mac. Puis, afin de contourner la protection du mot de passe administrateur, il redémarra l'ordinateur en mode « utilisateur unique ». Après deux ou trois manipulations, il eut tout le loisir d'installer sur le disque dur l'un des différents logiciels espions qu'il avait amenés.

Comme une lettre à la poste.

Il sourit, éteignit le Mac et récupéra sa clef. De retour au commissariat, il aurait tout le loisir de fouiller à distance le contenu de la bête.

Ensuite, il ouvrit un à un les tiroirs du bureau, parcourut rapidement factures, courriers...

Tous étaient adressés à Chris Coleman. Il aurait aimé tomber sur un passeport, une pièce d'identité, mais il ne fallait pas rêver. Quand il eut fini de fouiller le bureau, n'ayant rien trouvé d'intéressant, il continua sa prospection dans le reste de l'appartement.

Dans une bibliothèque, au milieu des livres et des CD, il trouva plusieurs albums photos. Là aussi, les clichés avec Lola et Adam étaient nombreux. Mais aucun ne remontait à plus d'une dizaine d'années.

En essayant de ne rien déranger, de ne laisser aucune trace, il continua sa fouille méthodique de l'appartement.

C'est dans le placard de la chambre qu'il trouva enfin quelque chose de suspect. Quelque chose de très suspect...

The line

15.

— Vous croyez que le futur propriétaire de cet appartement voudra le garder comme statue, détective ? demanda l'agent de police en inspectant le cadavre debout devant lui d'un air amusé.

Lola, qui n'était pas vraiment d'humeur à rire, se contenta de hausser les sourcils en regardant Velazquez.

— Je reste ici pour attendre l'équipe du CSU[1]. Vous, allez recueillir les témoignages.

Robert Di Nacera était un agent immobilier de vingt-huit ans. Il avait été retrouvé moins d'une heure plus tôt au quinzième étage de cet immeuble en construction, au nord de Brooklyn. Le meurtrier l'avait ligoté à un pilier, à quelques centimètres du vide, puis l'avait forcé à avaler des litres et des litres de béton jusqu'à ce qu'il s'étouffe, avant de l'en couvrir de la tête au pied, si bien que le pauvre homme ressemblait maintenant à une statue moderne. Par endroits, la peau apparaissait encore sous la couche grise solidifiée, et on devinait l'expression de douleur sur son visage.

En dix jours, c'était le quatrième agent immobilier que l'on avait retrouvé à New York dans cet état. C'était rapide, pour un meurtrier en série. Et le mobile était clair : ce détraqué en voulait aux agents immobiliers. Avec le prix du mètre carré pratiqué dans la ville, cela faisait seulement huit millions de suspects potentiels.

Lola continua d'inspecter les lieux. Pas de trace de lutte... Mais, à vrai dire, il n'y avait rien ici, à part une grande dalle de béton et

---

1. *Crime Scene Unit.*

des piliers. Difficile de distinguer quoi que ce soit dans la poussière au sol, trempée par la neige fondue et fouettée par le vent. La façade n'était pas encore construite. On était presque dehors. À en juger par la dureté du ciment sur le corps de la victime, le meurtre remontait à plusieurs heures, mais il faudrait attendre l'avis d'un expert pour avoir un résultat précis. Le séchage dépendait de nombreux éléments. Type de béton, quantité d'eau, température extérieure, épaisseur de la couche, etc.

Les trois autres agents immobiliers avaient également été retrouvés dans des immeubles en construction. Hypothèse la plus simple : les victimes venaient de leur plein gré, sans doute pour faire visiter les lieux à un client potentiel, avant même que la construction soit achevée, pour lui proposer d'acheter « sur plan ». Si c'était bien le cas, on finirait par trouver un client commun dans les agendas de ces quatre malheureux...

Lola fut interrompue dans ses pensées par le bruit du monte-charge. Elle pencha la tête et vit arriver trois experts du CSU qu'elle reconnut d'emblée.

— Bonjour détective, dit le plus gradé en la saluant.

— Bonjour Murdoch.

— La Méduse a encore frappé ?

Les médias s'étaient empressés de baptiser ainsi ce tueur qui transformait ses victimes en statues.

— Il faut croire.

— On va pouvoir vous confirmer ça assez vite. Ce type n'est pas très doué : il laisse des empreintes partout.

— Pour l'instant, ça ne nous a pas aidés à le retrouver.

Les experts déballèrent leur matériel et commencèrent leurs relevés.

— Je file, annonça Gallagher en prenant la direction du monte-charge.

En bas, elle aperçut Velazquez qui interrogeait un groupe d'ouvriers. Il n'avait pas l'air d'y mettre beaucoup d'entrain. Lola sourit. Le jeune flic n'était pas un exemple de patience. Trop pressé. Il allait falloir qu'elle garde un œil sur lui, qu'elle l'empêche de se brûler les ailes. Elle avait l'habitude de s'occuper des jeunes recrues.

Elle salua son collègue de loin et entra dans sa voiture alors que son téléphone se mettait à sonner.

— Détective Gallagher ?

— Oui.

— C'est le docteur Grant à l'appareil. Je suis la personne en charge du suivi médical d'Emily Scott dans le cadre du programme WITSEC.

— Je vous écoute.

— Je voulais d'abord vous dire que j'ai obtenu les résultats des premières analyses que nous avons effectuées sur la patiente, concernant une éventuelle adermatoglyphie.

— Une quoi ?

— Une adermatoglyphie. C'est une maladie génétique extrêmement rare, qui entraîne une absence totale d'empreintes digitales. Mais le gène concerné est intact chez elle, donc ce n'est pas le cas. Ses dermatoglyphes ont été volontairement effacés.

— OK... Merci pour le partage d'infos, docteur...

— Pas de souci. Je voulais aussi vous informer que l'état de santé de la patiente est plutôt rassurant, si ce n'est miraculeux. En revanche, il va sans dire qu'elle présente une fragilité psychologique certaine.

— Rien de très étonnant à cela...

— Non. Mais je pense, en accord avec le procureur, qu'il faudrait permettre à Emily de commencer à renouer des liens sociaux, si l'on veut qu'elle puisse se réinsérer un jour. Du fait de son amnésie, et de notre incapacité à connaître son identité, elle n'a personne dans sa vie. Pas de famille, pas d'amis, rien. Cela ne va pas favoriser sa guérison.

— Je m'en doute, mais pourquoi vous me dites ça à moi ?

— Elle semble vous apprécier, et si vous vouliez bien continuer à lui rendre visite régulièrement, puisque vous y êtes autorisée, ce serait fort généreux de votre part.

— Évidemment.

— Vous pourriez même, de temps en temps, venir accompagnée, pour qu'elle rencontre du monde.

Lola réfléchit un instant.

— D'accord. Je vais voir ce que je peux faire. Peut-être pourrais-je commencer par passer la voir avec mon fils ?

— Un enfant ? Excellente idée !

— Je vais y réfléchir.

Between good and bad

16.

C'était une vieille boîte en bois brut, cachée sous une pile d'autres boîtes, en carton celles-là. Elle était bien trop lourde pour ne renfermer qu'une paire de chaussures. Detroit souleva le couvercle et écarquilla les yeux en découvrant son insolite contenu.

Un revolver Smith & Wesson Model 27, accompagné de quelques cartouches en vrac. À en juger par son état, le six-coups avait beaucoup servi et avait plus d'une vingtaine d'années. Le métal était piqué par endroits. A priori, il n'y avait rien de bien étonnant à trouver une arme chez un citoyen américain... Sauf que, en y regardant de plus près, on voyait que le numéro de série avait été limé sur le côté gauche du canon.

Pas très légal, ça, monsieur Coleman.

À côté de l'arme, une feuille de papier jauni. Detroit la déplia et lut le poème que l'on y avait écrit à la main. *Le Rire de nos enfants.*

Mais le troisième et dernier objet était sans doute le plus intrigant. Un petit flacon de verre cylindrique, fermé par un bouchon vissé, qui contenait une poudre noirâtre. Detroit le souleva pour le regarder à la lumière et le secoua légèrement.

Soudain, le policier sursauta.

Un bruit métallique venait de résonner dans l'entrée. Un bruit de serrure. La porte de l'appartement s'ouvrit, puis se referma.

Detroit analysa rapidement la situation et laissa agir son instinct. Il glissa le flacon dans sa poche, referma la boîte, la remit à sa place dans le placard et, en essayant de ne pas faire de bruit, se dirigea vers la fenêtre de la chambre. Il se dressa sur la pointe des pieds et inspecta la façade. Rien. Pas de points d'accroche. Impossible de sortir par là.

Merde !

Des bruits de pas résonnèrent dans le salon. Le son d'un trousseau de clefs qu'on lâche sur une table en verre.

Detroit fit volte-face et vint se placer devant l'entrée de la chambre. Devant lui, la salle de bains. Il inspira profondément, puis traversa le couloir pour passer d'une pièce à l'autre comme une flèche. Il referma prudemment la porte derrière lui et inspecta les lieux. Pas de trappe providentielle dans le plafond. Les carreaux de la fenêtre étaient en verre opaque. Impossible de voir ce qu'il y avait dehors.

Le plancher du couloir se mit à craquer. Coleman approchait. S'il allait dans la chambre, il y avait encore une chance de sortir d'ici incognito. Mais s'il entrait dans la salle de bains...

Detroit ouvrit la fenêtre. Le bois gonflé rendit l'opération délicate, et il fit bien plus de bruit qu'il ne l'aurait voulu. Alors que le vent glacé de l'hiver s'engouffrait dans la petite pièce, il resta immobile un instant, pour s'assurer que sa maladresse n'avait pas attiré l'attention du propriétaire. Les bruits de pas continuèrent d'approcher, sans changement de rythme.

Il passa la tête dehors et poussa un soupir de soulagement. Ou, tout du moins, de léger soulagement... Sur la gauche, un escalier de secours métallique zébrait la façade de l'immeuble, sans doute au niveau de la cage d'ascenseur. Il estima la distance à plus d'un mètre à peine. C'était jouable. Jouable, mais dangereux.

De l'autre côté de la porte, Detroit entendit Coleman entrer dans sa chambre. Si proche.

Sans plus attendre, il se hissa sur le rebord de la fenêtre en essayant de ne pas penser au vide. Quatre étages plus bas, des voitures filaient sur le béton.

Il secoua la tête, comme s'il n'arrivait pas à croire à ce qu'il était sur le point de faire, et se jeta dans le vide, les mains tendues vers l'avant. Ses poings se refermèrent d'un coup sur la rambarde gelée et ses jambes cognèrent bruyamment contre la structure métallique. Il serra les dents pour retenir un cri de douleur.

Suspendu au-dessus du vide, il songea à cet instant précis à quel point la situation était ridicule. Il venait de risquer sa vie simplement pour découvrir un secret dans la vie de Lola... C'était complètement stupide !

Il se hissa pour basculer du bon côté de la rambarde.

Stupide, peut-être, mais n'empêche que ce type a un Smith & Wesson de contrebande dans son placard...

Arrivé dans la rue, il fila vers sa voiture en serrant le flacon au fond de sa poche. Ce que cachait ce petit cylindre de verre méritait peut-être qu'il se soit pris pour un acrobate urbain...

Taking toll

17.

Quand le docteur découvrit le spectacle qu'offrait la petite chambre, il eut un sursaut d'effroi et laissa tomber, perplexe, le fameux dossier qu'il avait en permanence sous son bras.

Au pied du lit, étendue dans une flaque de sang épais, sa patiente gisait, la gorge tranchée. À côté d'elle, un scalpel trempait dans la marre écarlate.

— Oh mon Dieu !

Il se précipita auprès de la jeune femme et il ne lui fallut qu'un instant pour constater l'évidence. Elle était morte. Depuis un certain temps, sans doute : le corps était déjà froid. Mais ce qu'il vit en faisant légèrement pivoter la tête du bout des doigts l'horrifia bien davantage.

La jeune femme, avec le scalpel sans doute, avait fait sauter le volet fraîchement cimenté sur son crâne et s'était arraché la plaque électrode. Une bouillie d'os et de méninge entourait l'ouverture, et la substance du cortex cérébral luisait à l'intérieur, comme une gelée grisâtre.

Visiblement – par quelque vain miracle – elle n'était pas morte en accomplissant ce geste insensé, et s'était achevée d'un coup de lame au travers de la gorge.

Le docteur fit glisser son regard vers la main gauche de la jeune femme. Les doigts de son poing fermé étaient entièrement couverts de sang, il n'y avait pas un seul petit bout de peau qui ne fût coloré de vermillon. Il s'approcha et força la main rigide à s'ouvrir. Dans la paume, il trouva ce qu'il cherchait : la minuscule plaque électrode, nappée du liquide poisseux.

Quand des bruits de pas approchèrent dans le couloir, les battements de son cœur s'affolèrent. Une ombre se dessina sur le sol blanc. Le docteur releva la tête.

L'homme au chapeau de feutre se tenait debout dans l'encadrement de la porte.

— Que s'est-il passé ? dit-il de sa voix grave et monocorde.

Le docteur se releva. Son pantalon blanc, à la hauteur des genoux, était maculé de sang.

— Elle s'est suicidée.

— Vous êtes sûr ?

— Je ne suis pas flic, mais oui, j'en suis quasiment sûr. Tout semble l'indiquer, malheureusement. Elle a arraché son implant, et elle s'est tranché la gorge.

L'homme avança dans la pièce pour venir voir le spectacle de plus près.

— Ce n'était pas prévu.

— Je... Je suis désolé. Je crois que nous sommes allés trop vite, monsieur. Je n'ai pas eu le temps de faire tous les tests neurologiques. L'opération a peut-être entraîné un

94

dérèglement de la dopamine et de la sérotonine. Ce qui peut entraîner un état dépressif... Je... Je ne sais pas, il faudrait que je fasse des analyses...

Il parlait précipitamment, comme terrifié par le regard de l'homme au chapeau.

— J'ai bien peur qu'il ne soit trop tard, mon ami. Elle est morte. Cela ne servirait plus à grand-chose.

— Je suis désolé, répéta le médecin.

Mais l'autre ne répondit pas. Il tourna les talons et quitta la pièce d'un pas calme, sans ajouter un seul mot.

Close your eyes

18.

— Bonsoir Emily.

— Bonsoir, répondit la jeune femme en regardant d'un air étonné le petit garçon qui tenait la main de Lola.

De l'autre côté du couloir, les deux agents fédéraux fumaient une cigarette à la fenêtre. Pas très légal, mais ils n'avaient pas le droit de quitter l'appartement des yeux. L'un d'eux, Turner, lançait des regards noirs en direction de Gallagher entre chaque bouffée. Il gardait sans doute un mauvais souvenir de la prétendue « promenade dans le parc » d'Emily et Lola.

— Je vous présente mon fils, Adam.

— Bonsoir madame.

— Bonsoir jeune homme.

— J'ai pris du chinois à emporter, annonça le détective Gallagher en montrant un sac en papier marron dans sa main. Vous aimez le chinois ?

— Je ne sais pas, répondit-elle en écartant les bras d'un air amusé. Entrez !

Lola et son fils s'installèrent dans le salon. La télévision était allumée, en sourdine, et rien n'avait changé dans l'appartement. Il ressemblait toujours à ces chambres d'appartement-hôtel un peu froides, pratiques, fonctionnelles, sans âme. Gallagher regretta de ne pas avoir pensé à amener des fleurs ou quelque chose...

— Alors, ça se passe bien à l'école, Adam ?

— Oui.

Emily sourit.

— C'est un peu idiot comme question, pardonne-moi. Tu as des frères et sœurs ?

— Non. Et vous ?

— Eh bien... À vrai dire... Je ne sais pas.

— Maman m'a dit que vous êtes amnésique.

— Oui.

— C'est… C'est bizarre, dit Adam en rougissant, prenant conscience que la remarque pouvait sembler déplacée.

La jeune femme sourit de nouveau, ce qui permit à Lola de penser que l'idée de venir avec son fils n'était sans doute pas si mauvaise que ça.

— Oui. C'est très bizarre, concéda Emily.

— J'ai du mal à imaginer. Vous ne vous souvenez de rien du tout ?

— Rien.

— Mais alors comment ça se fait que vous savez parler ?

Emily songea que, de la part d'un garçon de onze ans, la question ne manquait pas de pertinence.

— Eh bien… Les médecins m'ont expliqué pourquoi, mais c'est un peu compliqué. Il paraît que c'est normal. Mais il y a au moins un avantage : je n'ai pas de mauvais souvenirs !

— Ah oui. Ça doit être bien, ça !

— Et puis… Je peux faire des blagues.

— Quel genre ?

— Tu as vu les deux agents fédéraux sur le palier ? Je sais très bien comment ils s'appellent, maintenant. Mais chaque fois que je les vois, je fais semblant de ne pas m'en souvenir, et je leur donne un nom différent. Ils n'osent pas me contredire, ils font semblant… C'est très drôle.

Adam sourit à son tour.

— Et vous avez vu mon copain Arthur ?

— Arthur ? Le Dr Draken ? Oui, je l'ai vu.

— Je suis sûr qu'il peut vous aider, lui. Il est très très fort.

— Il a l'air.

— Maman ne lui fait pas confiance, mais...

— Adam ! le coupa Lola.

— Ben c'est vrai ! se défendit le petit garçon. Tu lui fais pas confiance : tu veux pas qu'il continue à soigner Emily.

— C'est un peu plus compliqué que ça. Bon... Et si on mangeait ?

— Avec plaisir ! répondit Emily en se levant pour aller chercher des assiettes et des couverts dans sa petite cuisine.

Ainsi, ils dînèrent tous les trois dans une ambiance détendue, Adam faisant une fois de plus la démonstration de son aisance à passer du temps avec des adultes. Sa présence apporta manifestement un peu de fraîcheur et de joie dans la journée d'Emily.

Quand, vers 22 heures, elle les reconduisit à la porte, la jeune femme, après une courte hésitation, lança d'un air gêné :

— Lola... Si un soir vous avez un souci pour faire garder Adam... je veux dire... si la baby-sitter n'est pas là, il peut venir ici. Je serais ravie de passer du temps avec lui. J'ai... J'ai du temps à revendre. J'aimerais bien pouvoir me rendre utile.

Adam, qui semblait enchanté par la perspective, leva les yeux vers sa mère.

— C'est très gentil, Emily. C'est une bonne idée. Il faut d'abord que j'en parle au procureur. Nous verrons...

Taking toll

19.

Le jour ne s'était pas encore levé. Le gros SUV noir filait sur la chaussée glissante du Highway 202 qui serpentait entre la forêt rocailleuse et le lac. Ses phares dessinaient dans la nuit deux halos blancs, comme des comètes traversant les nuées. La brume qui flottait au-dessus de la route et les flocons qui tombaient sur le sol et les arbres donnaient à l'endroit des faux airs de Canada.

Depuis un quart d'heure au moins, il n'avait croisé aucune voiture, aucun camion. Aucune âme qui vive. L'endroit était idéal. Désert.

De l'autre côté du petit bras de terre qui traversait le lac, là où s'arrêtait le grillage qui longeait la route depuis des kilomètres, l'homme au chapeau de feutre décéléra lentement puis amena le 4 × 4 sur le bord de la route, dans une petite aire de repos cachée par les arbres.

Il éteignit le moteur, les phares, et attendit un instant.

Puis il enfila ses gants de cuir et sortit de la voiture.

Ses pieds s'enfonçaient dans la neige. Dans quelques heures, les traces seraient recouvertes de gros flocons. Dans quelques jours, elles auraient totalement disparu.

Il passa derrière le SUV et ouvrit le hayon.

Relevant le col de son long manteau, il regarda le cadavre de la femme étendu dans le coffre, ligoté dans une épaisse couverture.

Sa mort était regrettable. Très regrettable. Beaucoup d'argent perdu. Mais cela faisait partie des risques et, de toute façon, elle n'avait pas réussi l'expérience.

Il aurait pu laisser à quelqu'un d'autre le soin de se débarrasser du corps. Mais il y avait eu trop d'erreurs ces derniers jours. Trop d'à-peu-près. Il était temps qu'il reprenne les choses en main.

Des petits nuages de fumée sortaient de sa bouche à chaque expiration. Il fit quelques gestes des bras pour se réchauffer, puis attrapa le cadavre dans le coffre et le hissa sur ses épaules. La femme, avec son corps d'athlète, n'était pas bien lourde. Il pouvait la maintenir d'une main contre son cou. De l'autre, il prit la petite pelle militaire pliable.

Il s'enfonça dans les bois au milieu des flocons.

Quand il estima être assez loin de la route – assez loin de tout – il lâcha le corps par terre et commença à creuser.

L'exercice le réchauffa rapidement et, malgré le froid de l'hiver, il se mit même à transpirer. Mais il n'en aurait pas pour longtemps. Inutile de creuser trop profond. Ici, au milieu de nulle part, peu de chance qu'un marcheur la découvre.

Quand le trou fut juste assez grand pour recevoir un corps, il fit glisser le cadavre de la femme à l'intérieur.

Debout au-dessus d'elle, il hésita un instant, puis il enleva l'une des ficelles pour dégager son visage de la couverture.

Moins de douze heures après la mort, la rigidité cadavérique était à son intensité maximale et tout le corps avait pris une couleur violacée, plus marquée au niveau du cou, dont l'ouverture béante était devenue noire.

L'homme se pencha légèrement, prit la pelle à l'envers, la dressa au-dessus du visage et, soudain, frappa un grand coup avec le manche. Puis un second. Puis un troisième. De plus en plus fort, avec une rage silencieuse, mécanique.

À chaque fois qu'il frappait, on entendait le bruit des os qui se brisaient, et la face de la femme s'enfonçait de plus en plus. Quand il eut terminé, elle n'avait plus un aspect humain. Ce n'était plus qu'une bouillie de chair, de cervelle et de cartilage.

Quand il estima que cela suffisait, l'homme au chapeau reprit la pelle par le manche et commença à recouvrir le corps de terre.

The piper

20.

À 8 h 59 du matin, ce jeudi-là, la queue était si longue devant le *Nintendo World* de New York que la 48e Rue, qui longeait la Rockefeller Plaza, était noire de monde. Certains – les premiers dans la file d'attente – étaient là depuis la veille et rangeaient les sacs de couchage et autres couvertures de survie dans lesquels ils avaient passé la nuit, malgré un thermomètre qui était descendu jusqu'à – 13 °C.

Dans une minute à peine, les portes allaient s'ouvrir, et les plus téméraires pourraient se procurer en avant-première le nouvel épisode des aventures de Mario, décliné sur toutes les consoles Nintendo. Une exclusivité mondiale, couverte par des chaînes de télé de toute la planète. Le service de sécurité s'attendait au pire.

Les grandes baies vitrées de la boutique de deux étages étincelaient sous les couleurs bigarrées des néons et des enseignes lumineuses de la marque. Plus les secondes passaient, plus la clameur grandissait dans la foule au dehors. On se pressait, on se bousculait, on criait de plus en plus fort. Le long des trottoirs, les journalistes commentaient la scène devant leurs camionnettes surmontées d'antennes paraboliques.

Et puis soudain, les portes s'ouvrirent.

En quelques secondes à peine, la boutique fut envahie par les fans hystériques du petit plombier à la casquette rouge. La célèbre musique électronique du jeu d'arcade, diffusée dans tous les haut-parleurs de l'établissement, peinait à couvrir les hurlements de joie et d'impatience.

Derrière le grand comptoir où s'alignaient les vendeurs débordés, la mascotte était là, développant ses deux mètres de haut dans son élégante salopette bleue, et envoyait des baisers et des saluts chaleureux aux clients, de ses immenses gants blancs capitonnés. De temps en temps, ce Mario grandeur nature faisait mine de tirer sur les grosses moustaches noires qui se dressaient sous son nez à la phénoménale rondeur.

Un par un, les aficionados surexcités – et pas forcément les plus jeunes – venaient se faire prendre en photo dans ses bras, pour repartir aussi émus que s'ils avaient rencontré le Dalaï-Lama en personne.

Dans cette cohue carnavalesque, Tony Velazquez, accompagné par deux autres agents du 88e district, éprouva bien des difficultés à trouver le responsable du *Nintendo World*. L'homme se tenait en retrait, un talkie-walkie dans les mains, le regard visiblement inquiet.

— C'est vous le responsable ici ?

— J'en ai bien peur.

— Nous cherchons William Strongoni, expliqua le policier en montrant son badge du NYPD.

— Qu'est-ce qu'il se passe ?

— Nous avons besoin de lui parler.

— Ça ne va pas être commode.

— Pourquoi ?

— Il est là, répondit l'homme en tendant le doigt vers la mascotte.

L'instant d'après, l'employé qui se cachait à l'intérieur du costume de Mario – et qui avait dû surprendre la scène – repoussa la jeune fille qui était en train de poser près de lui et sauta de l'autre côté de la barrière de protection, sous le regard médusé des *gamers*.

La scène qui s'ensuivit dépassa quelque peu l'entendement : Mario, la casquette rouge bien calée sur sa grosse tête, se fraya violemment un chemin entre ses fans, les bousculant avec

104

une violence indigne de sa réputation de plombier héroïque. Ici et là, il donnait à l'aveugle de grands coups sur les gens qui lui barraient la route, armé de l'énorme clef à pipe en plastique qui complétait son costume. La panique gagna rapidement cette foule déjà électrisée par l'attente et le surpeuplement.

Velazquez et ses deux collègues se lancèrent à la poursuite du moustachu, se débattant au milieu d'une mer démontée de groupies en furie. Pressés, écrasés, les gens hurlaient et commençaient même à se battre.

Quand Mario arriva sur le trottoir, il avait les bretelles de sa salopette qui lui tombaient sur la bedaine, et il lui manquait un gant. Dans une course grotesque et désespérée, il traversa le boulevard en direction de la Cinquième Avenue. Mais Velazquez, l'arme au poing, le rattrapa sans peine quelques mètres avant le carrefour et se jeta sur lui de tout son poids. La mascotte s'écroula sur la chaussée maculée de boue neigeuse.

— Bouge pas, connard ! s'exclama le flic en collant le canon de son Glock 17 sous le nez démesuré de Mario.

L'homme à terre écarta les bras en signe de soumission.

— T'as bouffé trop de champignons, mon pote.

The line

21.

Assis dans la salle d'interrogatoire, William Strongoni avait enlevé son énorme masque de Mario, mais il avait conservé le reste de son burlesque costume. Avachi, le corps flottant dans sa large salopette bleue rembourrée, il était en train de s'entretenir avec son avocat pendant que, dans la pièce d'à côté, Velazquez racontait à Lola et au capitaine Powell les circonstances surréalistes de l'arrestation.

— L'affaire ne devrait pas être longue à boucler. C'est bien lui, la Méduse. On a ses empreintes sur les cadavres des quatre agents immobiliers statufiés, et son emploi du temps concorde.

— Je connais bien cet enfoiré de Labrie, lâcha Lola en regardant l'avocat qui parlait tout bas à son client, de l'autre côté de la vitre. Il est très fort. Ce type aurait fait passer Adolf Hitler pour un bienfaiteur de l'humanité. Je me demande d'ailleurs comment Strongoni peut se payer un avocat de cette trempe.

— Il faut croire que Super Mario a le bras long, répliqua Velazquez.

— M'étonnerait que ce soit lui qui paie. Nintendo n'a sûrement pas envie d'un scandale, confirma Powell. Soyez prudents. Ils se jetteront sur le moindre vice de forme.

Quelques minutes plus tard, l'avocat sortit de la salle d'interrogatoire avec un air serein. Lola vint aussitôt à sa rencontre.

— On peut reprendre l'interrogatoire ?

— Bien sûr, mais en accord avec le procureur, j'ai fait une demande d'évaluation du MSO[1].

Le détective soupira d'un air agacé.

— Jouez pas au con, Labrie ! Ce type est en parfaite possession de ses moyens ! Il a froidement tué quatre agents immobiliers, de façon préméditée.

— J'ai bien peur que ce ne soit pas à vous d'en juger, Gallagher. Nous verrons bien ce qu'en dit le psychiatre.

Lola fronça les sourcils.

— Quel psychiatre ?

— Eh bien... Le Dr Draken. Il paraît que c'est une pointure en psychiatrie médico-légale. Et il me semble que vous avez l'habitude de travailler avec lui, non ?

Le détective ne se donna pas la peine de répondre à cette question toute rhétorique.

---

1. *Mental State at the Time of the Offence* : état psychiatrique de l'accusé au moment du crime.

Draken avait beau être son meilleur ami, quelque chose lui disait que ce n'était pas une bonne nouvelle.

Soudain, l'expression changea sur son visage, et un sourire narquois se dessina au bord de ses lèvres.

— Je ne voudrais pas vous décevoir, Labrie, mais je pense que vous allez devoir en trouver un autre. Car, en effet, je connais très bien Draken, et je sais une chose à son sujet : Arthur Draken ne travaille jamais, je dis bien *jamais*, le jeudi matin.

Labrie répondit à son tour par un sourire.

— Je sais. Il vient de me confirmer par texto qu'il arriverait à midi. Ça ne vous dérange pas d'attendre, n'est-ce pas ? Je me boirais bien un petit café, moi...

Lola repartit vers son bureau, incapable de masquer son énervement. Maître Labrie était fidèle à sa réputation. Un parfait emmerdeur.

À 12 h 08 précisément, Arthur Draken entrait dans les locaux du 88e district. Le capitaine, en présence de l'avocat, lui fit un compte rendu de la situation, lui exposa les faits, puis le conduisit vers la salle d'interrogatoire où Strongoni attendait toujours dans son costume de Mario.

Lola, qui avait attendu patiemment devant la porte pendant le briefing du psychiatre, l'attrapa par l'épaule avant qu'il entre à l'intérieur.

— Sois pas con, Arthur, lui glissa-t-elle à l'oreille. Viens pas foutre la merde dans mon enquête. Ce type est un meurtrier, point final.

Draken, pour toute forme de réponse, lui adressa un sourire amusé, puis il s'enferma avec Strongoni.

L'évaluation, qui consistait en trois entretiens successifs (le premier concernant les antécédents du suspect, le second, son état au moment du ou des crimes, et le troisième, son état actuel), dura une bonne partie de l'après-midi. Assise à son bureau, Lola observait de loin le petit manège de Draken, qui sortait régulièrement de la salle d'interrogatoire pour aller – en bon fumeur compulsif – s'allumer une cigarette ou chercher un café, papoter avec les agents qu'il connaissait, de préférence les femmes...

Vers la fin de l'après-midi, le psychiatre se rendit directement dans le bureau du capitaine. Lola n'attendit pas qu'on l'y invite et les rejoignit aussitôt.

— Alors ?

Draken, d'un air faussement distrait, les mains au fond des poches, faisait mine d'admirer le bureau de Samuel Powell.

— C'est bien rangé, dites-moi ! J'ai rarement vu si peu de paperasse, ici. On voit que Noël est passé. Vous avez fait l'inventaire ?

— Arthur ! le pressa Lola.

— Quoi ?

Elle secoua la tête.

— Comment ça s'est passé ?

— Ah ! Ça ! Eh bien, vous aurez mon rapport en même temps que le procureur et l'avocat.

— Faites pas votre malin, Draken ! intervint Powell. Vous en avez pensé quoi ?

— J'en ai pensé que je suis bien gentil de venir encore bosser pour le NYPD avec toutes les factures en retard que vous me devez.

— Vous allez être payé, docteur. J'ai relancé le service comptable. Mais Strongoni ? insista le capitaine en essayant de garder son calme. Vous en avez pensé quoi ?

— Eh bien, comme je vous le disais : vous verrez tout ça dans mon rapport.

— Je te préviens, Arthur, si le type s'en sort avec un NGRI[1], je te tue.

— Et tu plaideras la folie à ton propre procès ? répliqua le psychiatre en souriant.

— Tu fais chier !

Draken écarta les mains d'un air innocent.

— Je fais juste consciencieusement mon boulot. Capitaine, détective, c'est toujours un plaisir de fréquenter votre établissement, dit-il finalement en mimant une révérence.

Lola le suivit à l'extérieur du bureau.

— J'étais sûre que t'allais nous faire chier, dit-elle en venant se mettre en travers de son chemin. C'est à cause d'Emily, c'est ça ?

— Tu dois me laisser continuer les séances avec elle.

---

1. *Not guilty by reason of insanity* : non-lieu pour cause de trouble psychique.

— C'est hors de question !
— Alors, tant pis.
— Je n'aime pas du tout ce chantage, Arthur !
— Quel chantage ?
— Tu crois que je vais te laisser voir Emily juste pour que tu fasses un rapport sur Strongoni qui va dans notre sens ? Tu te trompes ! Je m'en fous de Super Mario !
— Oh ! Me soupçonnerais-tu de ne pas être impartial dans mes rapports psychiatriques ? Ce serait une grave faute déontologique !
— C'est pas ça qui t'arrête, apparemment !
Draken la dévisagea un instant, avant de conclure :
— Tu as mauvaise mine, Lola.

Dear lady

22.

— Ça me fait plaisir que tu viennes ici, Adam !
Emily embrassa le jeune garçon que la baby-sitter venait de déposer chez elle, à la demande de Lola.
— Moi aussi.

— Viens, je t'ai préparé un chocolat chaud. Mon petit doigt m'a dit que tu aimais bien le chocolat chaud.

Adam acquiesça, et ils s'installèrent à la table de la salle à manger, sur laquelle était disposé un grand puzzle en cours de construction.

— C'est quoi ?

— C'est un tableau d'Édouard Manet, un peintre français. Ça s'appelle *Le Déjeuner sur l'herbe*.

— Ils font souvent des déjeuners tout nus, les Français ? demanda le garçon en souriant.

— Je ne sais pas. Tu as raison, c'est un peu bizarre. Tu aimes bien les puzzles ?

— Oui. Arthur en a plein, chez lui. Il adore ça, et puis les casse-tête.

— C'est justement lui qui m'a conseillé de faire des puzzles. Il paraît que c'est bon pour moi. Tu veux m'aider ?

Adam accepta avec plaisir et ils passèrent un long moment à placer les pièces ensemble sur le bucolique tableau de Manet. Le courant passait si bien entre eux qu'ils semblaient se connaître depuis longtemps. Très vite, ils se mirent à rire et à plaisanter. Le jeune garçon, d'ordinaire si réservé, semblait particulièrement à l'aise avec cette femme sans passé.

— Comment tu sais que c'est un peintre français, si tu as perdu la mémoire ? glissa-t-il soudain d'un air intrigué.

112

Emily sourit et lui désigna la boîte du puzzle.

— D'abord, c'est écrit au dos ! Et puis, tu sais, ce genre de choses, je ne les ai pas oubliées. C'est seulement les souvenirs personnels...

— Ah ! C'est déjà mieux que rien !

— Je ne sais pas. En fait, je crois que je préférerais le contraire. Je m'en fiche un peu de me souvenir du nom des peintres et des présidents... J'aimerais mieux me souvenir des choses qui me concernent, moi.

— Quoi, par exemple ?

Emily haussa les épaules.

— Je ne sais pas... Par exemple, si ça se trouve, j'ai des enfants. J'ai peut-être un fils de ton âge, dit-elle d'une voix qui masquait mal sa peine.

Un silence s'ensuivit, qui n'était pas vraiment de gêne, mais plutôt de compassion. Adam trouva soudain l'emplacement pour la pièce de puzzle qu'il tenait dans les mains depuis un long moment.

— Moi, il y a des choses de mon passé que j'aimerais bien avoir oubliées.

Emily lui adressa un sourire triste.

— Vraiment ? Quoi ?

— Des histoires entre mon papa et ma maman. Toi, tu te souviens pas de tes parents, alors ?

— Non. Mais tu vois, il y a une chose bizarre : depuis que j'ai vu le docteur Draken, j'ai une sorte de souvenir qui m'est revenu...

113

— Quoi ?

— Une comptine. Je ne peux pas en être sûre, mais je crois que c'est une comptine que me chantait ma maman quand j'étais petite.

— Tu veux bien me la chanter ?

— Oh ! Je ne chante pas très bien !

— C'est pas grave !

— D'accord...

Tout en continuant à disposer les pièces du puzzle, Emily se mit à chanter doucement quelques bribes de cette comptine. Par moments, quand les paroles lui échappaient, elle faisait un geste désolé et passait au couplet suivant. C'était une histoire très triste, avec une mélodie mélancolique, qui racontait l'histoire d'un père et de son jeune enfant, après la mort de son épouse...

— Eh bien ! C'est pas joyeux, comme chanson ! plaisanta Adam quand Emily eut terminé. Mais elle est très jolie.

Au même moment, on sonna à la porte de l'appartement. La jeune femme partit ouvrir. Elle ne put cacher sa surprise en voyant Draken apparaître dans l'encadrement de la porte.

— Arthur ! s'exclama Adam en se levant et en courant vers l'entrée pour embrasser le psychiatre avant même que celui-ci ait eu le temps de dire bonjour.

— Tiens, tu es là, toi ? Qu'est-ce que vous manigancez, tous les deux ?

— C'est Emily qui me garde, ce soir. On fait un puzzle !

Draken se tourna vers la jeune femme.

— Vous jouez la baby-sitter ? C'est un conseil du médecin ?

— À la base, c'est moi qui ai proposé à Lola de garder Adam si elle avait besoin. Le médecin a dit que c'était une bonne idée.

— Les médecins sont des imbéciles.

— Ce n'est pas une bonne idée ?

— Si, mais les médecins sont quand même des imbéciles.

Emily secoua la tête. Après la séance d'hypnose sous sérum, elle avait presque oublié le caractère singulier du personnage.

— Vous voulez boire quelque chose ?

— Oh, non... Je ne faisais que passer. Je voulais juste prendre des nouvelles.

— Oh ! S'il te plaît ! intervint Adam en l'attrapant par le bras. Reste un peu !

Draken interrogea Emily du regard. Celle-ci haussa les épaules en souriant.

— Bon. D'accord. Mais dix minutes, pas plus.

La jeune femme referma la porte derrière le psychiatre.

— Je vous sers un jus d'orange, comme la dernière fois ?

— Vous plaisantez ? Vu l'heure, ce sera plutôt un verre de cette bouteille qui vous sert de whisky. Sans glace.

Emily disparut dans la cuisine pendant qu'Adam traînait son ami jusqu'à la table de la salle à manger.

— Regarde ! dit-il fièrement. C'est un tableau de Manet, un peintre français. On en est presque à la moitié.

Draken hocha la tête en prenant place.

— Ah... *Le Déjeuner sur l'herbe*. Intéressant.

— Pourquoi la dame déjeune dehors toute nue ? Ils font souvent ça, en France ?

— Pas que je sache... Elle vient de se baigner dans la rivière que tu vois en arrière-plan, là, dans laquelle se baigne encore une autre femme. Je pense que Manet a simplement voulu faire un peu de provocation. C'est un tableau qui date du XIXe siècle. Les gens étaient très puritains à l'époque. Remarque... ils le sont toujours aujourd'hui. En tout cas, son tableau a fait scandale.

— Il est plutôt joli.

— Je trouve aussi.

— Bon, tu m'aides ?

— Certainement pas. Je te laisse le faire avec Emily. C'est votre puzzle. Le meilleur moyen de vous aider, c'est de ne pas le faire.

La jeune femme réapparut dans la pièce et tendit au psychiatre son verre de single malt.

— Alors, comment vous sentez-vous, Emily ?

— Amnésique.

— Alors, comment vous sentez-vous, Emily ? répéta Draken exactement sur le même ton.

La jeune femme sourit en comprenant la plaisanterie.

Le médecin lui avait enlevé son bandage. Elle ne portait plus qu'un pansement sur le côté gauche du front. Elle avait repris des couleurs, perdu ses cernes, et son sourire adoucissait son visage anguleux.

— Pour l'instant, ça va, mais je sens que je vais rapidement en avoir assez de rester enfermée ici... Heureusement que des gens comme Adam et vous viennent me voir de temps en temps. Ce n'est pas que les deux agents fédéraux manquent de conversation, mais...

— Je pense que le procureur vous donnera bientôt l'autorisation de sortir toute seule. Vous vous rétablissez bien plus vite qu'on ne pouvait l'imaginer. Vous avez une mine superbe.

— N'exagérons rien.

— Et si Lola accepte que vous reveniez me voir, ça vous fera des sorties.

— Je ne suis pas sûre que ce soit elle qui refuse... Cela vient peut-être du procureur.

— Peut-être.

— Non ! intervint Adam, accoudé sur la table au-dessus du puzzle. C'est maman qui veut pas. Elle est méchante.

— Occupe-toi de ton puzzle au lieu de dire des bêtises, rétorqua Draken. Ta mère n'est pas méchante. Elle est opiniâtre, c'est différent.

— Ça veut dire quoi, opiniâtre ?

— Tu n'as qu'à chercher dans le dictionnaire.

117

Le jeune garçon se renfrogna.

Draken regarda longuement Emily, d'un air dubitatif.

— C'est vous qui avez choisi ce tableau de Manet ?

— Oui. Un peu au hasard. Pourquoi ?

— Intéressant...

Emily fronça les sourcils.

— Mais encore ?

Le psychiatre avala une gorgée de whisky.

— Oh, je ne sais pas... Cette femme entièrement nue, entièrement dépouillée... Pas d'habit, pas d'apparat, pas de bagage, en somme.

— Comme une amnésique, vous voulez dire ?

— C'est le seul personnage qui nous regarde directement. Le seul qui nous interroge. L'absence de travail sur la perspective, aussi, est intéressante. Ce qui est loin s'imbrique dans ce qui est près. Comme si le passé et le présent se mélangeaient. L'éclairage, enfin, m'interpelle. D'ordinaire, dans ce genre de peinture, le premier plan est le plus lumineux. Dans celui-ci, c'est l'inverse. Le premier plan est plus sombre. La lumière est au fond, sur ce qui est loin, derrière cette seconde femme qui sort de la rivière... Vous vous souvenez que, lors de notre séance, vous avez parlé d'une femme qui se tenait debout dans une rivière ?

— Oui, vaguement... Vous aimez jouer au critique d'art ?

— J'ai un faible pour la peinture. Et puis, décoder les images, c'est mon métier, Emily.

— Vous avez décodé ce que je vous ai dit sous hypnose ?

— J'ai commencé...

La sonnerie de la porte d'entrée vint interrompre leur conversation. Emily regarda sa montre.

— Ça doit être ta maman, Adam.

Draken mima une grimace d'enfant pris la main dans le sac, et la jeune femme partit ouvrir.

Le sourire que Lola affichait à l'ouverture de la porte ne fut que de courte durée. Dès qu'elle aperçut le psychiatre assis à la table, une ombre passa sur son visage.

— Qu'est-ce que tu fais là, Arthur ?

— Je suis venu prendre des nouvelles de ma patiente.

— Ce n'est pas *ta* patiente. Et tu n'es pas censé être en train de rédiger un rapport ?

— Si. D'ailleurs, je partais, justement...

Draken termina son verre de whisky d'une seule gorgée, embrassa Adam, salua les deux femmes et quitta l'appartement d'un pas théâtral.

Lola jeta un coup d'œil au puzzle sur la table, puis regarda à nouveau Emily.

— C'est vous qui lui avez dit de venir ?

— Non. Il est vraiment venu prendre des nouvelles. Cela vous dérange ?

Gallagher soupira.

119

— Non... Non, je suis désolée, je suis un peu tendue en ce moment, et Draken n'arrête pas de me contrarier.

— Lola... J'ai beau être amnésique, je suis quand même une grande fille, vous savez. Et je vous assure que votre ami m'a fait du bien. En une seule séance, il a déjà débloqué une ou deux choses dans ma tête. Pour tout vous dire, j'aimerais beaucoup en refaire d'autres.

— Oui, maman ! Tu dois laisser Arthur aider Emily !

Le détective grimaça.

— C'est une véritable cabale, on dirait !

— Maman, c'est parce que tu es trop opiniâtre.

Change the road

23.

Ben Mitchell caressa du bout des doigts les feuilles dentées de la fleur de datura. La surface accrocha son épiderme. Pas assez grasse. Il glissa plus bas vers la longue tige fourchue. Elle était lisse, mais il pouvait tout de même constater, au toucher, qu'elle manquait d'eau.

Quand il se promenait dans l'Institut de neurologie de l'université de Columbia, le professeur n'avait pas besoin de sa canne. Il connaissait les lieux par cœur. À vrai dire, il avait même la cartographie complète des différents bâtiments de l'université gravée dans son esprit.

Atteint d'une rétinite pigmentaire, le chercheur en neurophysiologie n'avait perdu définitivement la vue qu'en 2005, à l'âge de quarante et un ans. Et même si, les dernières années, sa vision avait été déjà très endommagée, il avait passé toute sa vie d'adulte dans ces locaux de Washington Heights, au nord de Manhattan, tel un éternel étudiant, si bien qu'il pouvait en décrire avec précision le moindre recoin.

C'étaient les jardins qui avaient sa préférence. Depuis que l'université s'était inscrite dans un programme pour la conservation de l'environnement, un soin tout particulier était porté aux différents espaces verts du campus de science médicale. Une goutte d'eau dans l'océan, mais tout était histoire de symbole. Des serres avaient même été installées à quelques pas de la bibliothèque, dont pouvaient profiter les enseignants et étudiants de l'Institut. Et le petit carré dans lequel s'attardait maintenant Ben Mitchell lui était tout spécialement réservé. De nombreuses plaisanteries couraient au sujet de ce que pouvait y cultiver le professeur, dont la sympathie passée pour les thèses de Timothy Leary[1] n'était un mystère pour personne.

La plupart, toutefois, ignoraient que ces plaisanteries étaient bien en dessous de la réalité.

À tâtons, Mitchell chercha la petite molette qui régulait l'arrosage de ses plantes et la fit tourner de quelques millimètres vers la droite. Chaque jour, il venait méticuleusement veiller à leur soin.

Il sortit une paire de ciseaux de son vieux sac en cuir, coupa quelques fleurs sur la pousse la plus fournie et les glissa dans un petit sachet en plastique.

De tous les ingrédients qu'il devait utiliser, celui-ci était certainement le plus important. Sa concentration en scopolamine en faisait un agent psychotrope précieux, connu depuis la nuit des temps. Les hindous le considéraient même comme sacré, et la plupart des sculptures de Shiva le représentaient avec des fleurs de datura éparpillées dans sa chevelure. Mitchell conservait chez lui une petite statuette du dieu aux yeux mi-clos. Souvent, il la caressait comme pour ne jamais oublier sa silhouette.

---

1. Neuropsychologue américain qui milita, principalement dans les milieux universitaires, pour l'utilisation scientifique des psychédéliques, et notamment du LSD.

Sacrée, la plante l'était pour lui aussi.

Car Draken avait à nouveau besoin de sérum.

De beaucoup de sérum.

The line

24.

Lola arriva en nage dans le cabinet du Dr Mark Williams. Elle avait traversé la ville en un temps record. Quand elle vit la mine de son frère, son cœur se resserra. Chris était en train de se rhabiller. Il était plus blanc que la neige qui tombait encore sur New York.

— Qu'est-ce qui s'est passé ?

— Ton frère a eu un petit malaise, expliqua le médecin.

Elle s'approcha de Chris et lui caressa l'épaule d'un geste un peu gauche, comme si elle avait peur de l'infantiliser.

— Tu aurais dû venir voir Mark beaucoup plus tôt !

— C'est ce que je viens de lui dire, confirma le médecin. Mais ne t'en fais pas, Lola, ton frère ne sortira pas de ce cabinet tant que nous n'aurons pas pris rendez-vous avec le cancérologue. Il faut commencer la chimio rapidement.

— Génial ! ironisa Chris en finissant de boutonner sa chemise.

— Je comprends tes réticences. La chimio fait toujours un peu peur, à cause des effets secondaires. Mais on n'a pas d'autre option, Chris. Ton état s'aggrave de jour en jour. Tu craches du sang, tu fais des malaises...

— Me gaver de médocs pour repousser l'inéluctable... Je ne suis pas sûr d'avoir envie.

— Ne sois pas con ! intervint Lola. Le crâne chauve, tu vas faire un malheur dans Chelsea.

Le graphiste répondit d'un hochement de tête dubitatif, l'air de dire : « Désolé, petite sœur, mais j'ai un peu perdu le sens de l'humour. »

Elle s'approcha encore et le serra dans ses bras.

— Tu veux venir t'installer chez moi ?

— Dans ton deux-pièces minuscule ? Tu plaisantes, j'espère ? C'est hors de question. Je veux bien aller faire cette putain de chimio pour vous faire plaisir, mais je tiens à continuer à vivre normalement.

— Tu peux vivre *normalement* chez moi.

— Non.

Le Dr Williams secoua la tête d'un air amusé en les regardant tous les deux.

— Aussi têtus l'un que l'autre !

— On est irlandais...

25.

Retenue par la visite chez le Dr Williams, Lola était arrivée avec une heure de retard pour déposer Emily chez Draken.

— J'ai bien cru que tu avais changé d'avis, lâcha le psychiatre en leur ouvrant la porte.

Le procureur avait donc finalement donné son accord pour de nouvelles séances d'hypnose.

Le rapport du psychiatre concernant Super Mario, *alias* La Méduse, avait laissé peu de place à un éventuel non-lieu pour cause de trouble psychique. Draken n'avait pas triché. Lola avait préféré ne pas voir dans la décision du procureur un lien de cause à effet... Mais Arthur avait, comme souvent, obtenu ce qu'il voulait.

— Je reviens la chercher dans une demi-heure. Vous n'avez pas une minute de plus.

Arthur se retint de lui répondre qu'il n'en avait besoin que de sept exactement. Lola était parfaitement consciente que son ami allait utiliser le sérum, mais elle préférait probablement ne pas être mise « officiellement » au courant. Si les choses tournaient mal, elle pourrait prétendre ne pas avoir été informée.

Le détective dévisagea longuement Draken, comme pour lui signifier qu'elle le tenait à l'œil, puis elle se tourna vers Ben Mitchell qui, comme à son habitude, se tenait silencieux dans un coin du cabinet. Décidément, ce professeur hirsute ne lui inspirait aucune confiance. Il lui donnait presque la chair de poule.

— Pas de conneries, hein ?

Elle adressa un dernier regard à Emily avant de sortir. À sa façon de claquer la porte derrière elle, on pouvait mesurer son mécontentement.

Draken s'approcha de la blonde.

— Comment vous sentez-vous ?

Emily haussa les épaules.

— Là, tout de suite, un peu angoissée. Mais dans l'ensemble, ça va mieux.

Debout devant l'entrée, se tenant le coude gauche de la main droite, hésitante, elle ressemblait à une jeune étudiante intimidée. Son regard glissait sur les nombreux objets qui décoraient les lieux, casse-tête et autres tableaux représentant des illusions d'optique.

— On y va ?

Elle hocha la tête et suivit les deux hommes de l'autre côté de la porte blindée, en passant sous la devise de Nietzsche.

Comme si c'était devenu une habitude, elle partit d'elle-même s'asseoir dans le fauteuil et enleva son pull afin qu'on puisse lui installer les différents appareils de monitoring. Draken l'observa avec satisfaction.

Un peu moins désorientée qu'elle ne l'avait été lors de la première séance, elle put, quant à elle, faire davantage attention aux attitudes des deux hommes. La précision de leurs gestes et l'ordre rigoureux dans lequel ils effectuaient chacune des manipulations donnaient l'impression d'un rituel. D'une mise en scène, presque. La valise qui contenait l'aiguille et les flacons de sérum, le sablier, le carnet de croquis, la caméra vidéo... Rien n'était laissé au hasard.

Quand le psychiatre prononça les premières paroles, Emily était presque déjà en état d'hypnose :

— Détendez-vous. Détendez-vous et laissez votre conscience s'ouvrir et vous guider. Le sérum que nous venons de vous injecter facilite l'induction hypnotique. Il ne change rien à qui vous êtes, il n'altère en rien votre personnalité, ni votre volonté, mais il vous débarrasse de ce qui vous éloigne de votre conscience...

The world

26.

— Je suis de nouveau dans un train.
— Le petit train fantôme ?

— *Non, un vrai train. Un vieux train à vapeur. Dehors, il fait nuit noire et il y a un orage dont les grondements se confondent avec le bruit des roues sur les rails. Il est tard. La plupart des voyageurs sont partis dormir dans le wagon-lit.*

— *Pas vous ?*

— *Non. Je suis restée sur la banquette. La tête collée à la vitre, je regarde l'orage dehors et la pluie qui tombe.*

— *Vous êtes seule ?*

— *Non. Pas tout à fait. Quelques rangs devant moi, il y a un homme.*

— *Comment est-il, cet homme ?*

— *Il a l'air triste, comme moi. Il a la tête baissée, rentrée dans les épaules. Il doit avoir trente ans à peine. Il tient un bébé dans ses bras. Le bébé pleure. Il pleure sans cesse, très fort.*

— *Que ressentez-vous ?*

— *J'ai pitié pour ce pauvre père, et ce pauvre bébé. Je voudrais les aider.*

— *Pourquoi ne le faites-vous pas ?*

— *Parce qu'il y a un autre homme qui entre dans le wagon et qui me fait peur. Il a un chapeau sur la tête. Il a l'air mauvais. Il regarde le père et lui demande de faire taire son bébé. Et puis un autre homme apparaît derrière lui, qui porte un chapeau lui aussi, et qui dit : « Faites taire cet enfant ! On a payé pour être tranquilles dans ce train ! Faites-le taire ! » Le père serre le bébé contre lui, le berce, pour essayer de le calmer, mais rien n'y fait. Un à un, tous les passagers viennent se plaindre du bruit. Alors je me lève, je vais voir ce pauvre homme et je lui demande où est la mère de l'enfant. Peut-être a-t-il faim ? Peut-être a-t-il besoin de téter ? L'homme lève les yeux vers moi. Il pleure. Il me regarde et il pleure.*

— *Pourquoi ?*

— *Il pleure parce que sa femme est morte. Elle vient de mourir, et son corps repose dans un cercueil, quelques wagons plus loin.*

Change the road

27.

Quand Lola revint dans le cabinet de Draken, elle trouva Emily en pleurs sur le divan du psychiatre. La mine défaite, les cheveux ébouriffés, la jeune femme semblait bouleversée, terrifiée.

Arthur, assis près d'elle, lui tenait la main.

— Ça s'est mal passé ? demanda aussitôt le détective d'un air inquiet.

— Non, répliqua Ben Mitchell, de l'autre côté du cabinet. Au contraire. Sinon, elle ne serait pas aussi émue.

Le détective s'efforça de retrouver son calme.

— Venez, Emily, nous allons retourner dans votre appartement. Ça va vous faire du bien de prendre l'air.

— Je... Je n'ai pas envie de sortir tout de suite, répondit-elle entre deux sanglots.

Lola et Draken échangèrent un regard.

— Tu crois que tu peux me laisser un peu tout seul avec elle ? demanda le psychiatre.

La rousse fit une grimace.

— Je promets de la ramener dans son appartement dans une heure, insista-t-il. Je crois qu'Emily a besoin de parler un petit peu. On a bien avancé, mais on ne peut pas lui faire des séances d'hypnose et la lâcher comme ça dans la nature.

Lola tourna la tête vers la jeune femme dont les pleurs s'étaient calmés.

— Qu'est-ce que vous en dites, Emily ?

La blonde essuya ses larmes d'un revers de manche.

— Je crois qu'Arthur a raison. J'aimerais parler un peu avec lui.

— Vous êtes sûre ?

— Oui. J'en ai besoin.

— Très bien, céda le détective. Vous m'enverrez un message pour me confirmer que vous êtes bien rentrée chez vous.

Gallagher se leva et, s'adressant à Ben Mitchell :

— Je vous dépose quelque part ?

130

Le professeur fut étonné par la proposition, mais il accepta volontiers. Ils sortirent ensemble du cabinet.

Une fois en bas de l'immeuble, Lola aida le neurophysiologiste à entrer dans la Chevrolet, puis ils se mirent en route vers l'Institut de l'université de Columbia.

— C'est vous qui avez inventé le sérum, n'est-ce pas ?

— On ne peut rien vous cacher, détective.

Dehors, la neige tombait encore, drapant Brooklyn d'un épais manteau blanc. L'hiver semblait ne jamais vouloir finir.

— Comment avez-vous rencontré Arthur ?

— Il ne vous a jamais raconté ?

— Non. En ce qui concerne votre petite invention, il est toujours resté très... discret.

Cela sembla amuser le professeur.

— En mai 2010, quand j'ai fini de mettre au point le sérum, j'ai cherché le meilleur psy-chiatre spécialisé dans la thérapie par l'hyp-nose. Draken a tout de suite été intéressé par mes recherches.

— Qu'est-ce qui vous a amené à travailler sur l'hypnose ? C'est un peu étrange, pour un neurophysiologiste, non ?

— Pas du tout. L'hypnose est intimement liée à la neurophysiologie, au fonctionnement du système nerveux. L'altération de l'état de conscience et les moyens qui permettent d'y par-venir sont des sujets qui m'ont toujours inté-ressé. Toutes mes recherches vont dans ce sens.

131

Lola hocha la tête, comme si Mitchell avait pu la voir. Derrière ses titres de grand scientifique, le type collait bien à son image de gourou hippie.

— Et comment il marche, votre sérum ?

— Vous êtes sûre de vouloir que je vous explique ?

— Vous pensez que je ne suis pas capable de comprendre ? Aussi étonnant que ça puisse paraître pour un flic, j'ai une formation scientifique, monsieur Mitchell. Un homme comme vous devrait se méfier des idées reçues.

— Soit. C'est un produit, ou plutôt un ensemble de produits qui facilitent l'induction hypnotique. Ils inhibent l'activité du cortex cingulaire antérieur, une aire du cerveau très importante pour atteindre l'état hypnotique. Résultat, l'hypnose du patient est beaucoup plus profonde qu'avec les méthodes d'induction traditionnelles.

— En gros, vous jouez avec le cerveau des gens.

— Non. Nous aidons les gens à jouer avec leur cerveau, ce n'est pas tout à fait la même chose. Avec notre sérum, certes, la modification de l'état de conscience nécessaire est plus rapide, plus efficace, mais cela passe toujours par la seule volonté du patient d'entrer dans un état hypnotique.

— Si vous le dites...

— C'est surtout une technique qui va permettre d'aider beaucoup de gens, comme

132

Emily. La fabrication d'images que recherche Draken dans ses séances n'est possible que dans un état hypnotique profond. On obtient alors des effets qui s'assimilent à l'hallucination et au somnambulisme, et qui permettent ce qu'on appelle l'hypermnésie.

— C'est-à-dire ?

— La capacité à retrouver des souvenirs précis, anciens, oubliés. En l'occurrence, c'est ce que vous cherchez, non ?

— Pas à n'importe quel prix. Votre sérum a montré, par le passé, qu'il pouvait être dangereux.

— Nous étions au tout début de nos recherches, détective. Nous en connaissons les dangers, maintenant. Nous savons quelle est la dose maximum que nous pouvons injecter au patient. Nous ne dépassons jamais sept minutes de séance.

— Sept minutes pour retrouver son passé. C'est court.

— En état d'hypnose, il peut se passer bien des choses, en sept minutes...

Dear lady

28.

Draken avait passé près d'une heure à rassurer Emily sur les émotions vives et confuses que lui avait procurées la séance d'hypnose. Pour la première fois, il avait laissé de côté son habituel caractère provocateur et s'était montré authentiquement chaleureux.

Calmement, sans cesser de lui tenir la main, il l'avait aidée à sortir de la vision qui la hantait encore.

Ce bébé qu'elle avait décrit sous hypnose n'était pas forcément elle. Ce père veuf n'était pas forcément le sien.

Les épisodes de reviviscence n'étaient pas toujours à prendre au premier degré, avait expliqué le psychiatre. Comme les rêves, ils pouvaient donner lieu à une interprétation approfondie, complexe. Et cette interprétation, c'était son travail, à lui.

Il lui montra les différents dessins qu'il avait effectués pendant les séances. Il lui expliqua la manière dont il procédait pour les relier entre eux. Les modifier au fil des consultations. La richesse des visions d'Emily était plutôt une bonne nouvelle : elle prouvait que la jeune femme serait en mesure, progressivement, de reconnecter dans son inconscient toutes ces choses qui avaient été dissociées par son traumatisme.

Quand, en début de soirée, ils arrivèrent devant l'appartement du WITSEC, Emily se sentait déjà beaucoup mieux. Elle avait retrouvé une forme de sérénité, et même un peu de légèreté.

— Vous montez boire un verre ?

Le psychiatre pencha la tête d'un air amusé.

— Visiblement, certains rituels sociaux sont encore bien ancrés dans vos souvenirs, Emily.

— Quels rituels ?

Draken se contenta de hausser un sourcil.

— Bon, vous voulez monter, oui ou non ? insista la jeune femme.

— Vous pensez qu'avoir des rapports sexuels avec votre psychiatre pourrait vous aider à retrouver la mémoire ?

Emily sourit à son tour. Elle commençait à bien connaître les provocations de Draken. À les apprécier, même. Elle ne se laissa pas intimider.

— Pourquoi ? Vous avez peur de coucher avec une amnésique ? rétorqua-t-elle sur le même ton.

Une demi-heure plus tard, il lui prouva que non.

Whispering wind

29.

Quatre hommes et deux femmes se tenaient debout, alignés, au milieu d'une grande pièce située dans le sous-sol du Centre. Carrelée de blanc du sol au plafond, elle était entièrement vide, à l'exception d'une étroite table métallique qui leur faisait face et sur laquelle reposait un simple coffret en bois sombre.

Ils avaient à peu près le même âge, de trente à trente-cinq ans, la même corpulence, et ils ressemblaient à six candidats attendant fébrilement les résultats d'un examen. Depuis qu'ils étaient entrés dans cette salle froide et sans fenêtre, aucun n'avait prononcé la moindre parole. Ils se savaient écoutés. Une petite caméra de surveillance était perchée dans chacun des quatre coins du plafond et il y avait probablement des micros cachés dans les murs.

Alors ils étaient là, mal à leur aise, comme amorphes, fuyant le regard des autres dans ce silence de plus en plus gênant. De plus en plus angoissant.

Et puis, soudain, un ordre claqua, transmis par un petit haut-parleur près de la porte d'entrée. Les paroles résonnèrent entre les quatre murs blancs.

— Numéro 3 et Numéro 6, avancez-vous.

Il y eut un moment d'hésitation, puis deux des six candidats firent quelques pas en avant.

Un homme et une femme. Le premier se racla la gorge, d'un air embarrassé. Il boitait. L'opération de ses jambes s'était bien passée, mais il lui faudrait quelques jours avant de marcher de nouveau normalement.

— Allez ouvrir la boîte et suivez les instructions.

Toujours sans avoir dit le moindre mot, ils obéirent et lurent côte à côte le petit papier qu'ils avaient trouvé à l'intérieur.

Quand leur lecture fut finie, ils se regardèrent. Une lueur de perplexité parcourut leurs deux visages. Une incertitude. Quelque chose comme de la peur. Et puis, dans un geste à peu près identique, ils plongèrent chacun une main dans la boîte et en sortirent deux pistolets automatiques.

Ils se retournèrent et tendirent le bras vers les quatre autres candidats.

Les coups de feu éclatèrent aussitôt. Assourdissants. Un éclair blanc accompagna chacune des détonations. Les quatre victimes s'écroulèrent tour à tour, avant même d'avoir pu réagir. Le mur et le sol derrière eux furent instantanément maculés de leur sang. De leur chair.

Un long silence suivit cet enfer de plomb.

Les deux derniers cœurs qui battaient dans la pièce pulsaient à tout rompre.

Puis la voix, monocorde, résonna de nouveau dans le petit haut-parleur.

— Numéro 3 et Numéro 6, vous venez de réussir la dernière épreuve du Bronstein Project.

Félicitations. Mais pour vous, les choses ne font que commencer. Vous pouvez aller vous reposer, à présent. Vous recevrez bientôt de nouvelles instructions.

Quand l'homme et la femme quittèrent ce charnier, tous deux avaient le teint blafard et le front couvert de sueur.

Rings of smoke

30.

Ben Mitchell, entièrement nu, s'allongea lentement dans la large baignoire de son appartement, en plein cœur du campus médical de l'université.

Comme toujours, quand il était seul, la lumière était éteinte. Pour lui, ça ne faisait pas de différence.

La baignoire était vide. Pas d'eau à l'intérieur. Il aimait le contact froid de l'émail sur sa peau nue. Un simple petit oreiller glissé sous sa nuque rendait la position plus confortable.

La feuille de papier d'Arménie qu'il venait d'allumer sur le lavabo près de lui diffusait dans l'air un doux arôme de benjoin de Siam. Dans sa bouche, un joint. De l'herbe pure, pas de tabac. Les écouteurs de son iPod, bien calés dans ses oreilles, crachaient un vieux morceau de Led Zeppelin, le groupe qui avait accompagné ses folles années de fac.

Oh, I've been flying... mama, there ain't no denyin', I've been flying, ain't no denyin', no denyin'[1].

Chaque samedi matin, c'était devenu un rituel. Un rituel qu'il avait commencé quelques mois après avoir perdu définitivement la vue.

Il s'allongeait dans son bain, recréait autour de lui un environnement qui aiguisait les trois sens qui lui restaient et s'injectait une dose de psychotropes de sa confection. Pas le sérum qu'il faisait pour Draken. Non. Quelque chose de plus costaud. Et alors les images venaient, et c'était comme s'il voyait à nouveau.

Avec les dents, il serra le garrot sur le haut de son bras. Il frôla le bout de la seringue pour trouver l'angle biseauté et le mettre vers le haut. Du bout des doigts, il chercha la veine. Avec le temps, il avait appris à la repérer rapidement. Lentement,

---

1. « Oh, je me suis envolé... maman, on ne peut pas le nier. Je me suis envolé, on ne peut pas le nier, pas le nier. »

il enfonça l'aiguille à travers l'épiderme, dans le sens de la circulation sanguine, puis il relâcha le garrot et injecta lentement le produit.

Si, avec les années, la sensation de bien-être était de plus en plus longue à venir, elle n'avait rien perdu en intensité. Le neurophysiologiste changeait régulièrement la formule de sa concoction pour s'en assurer. Ainsi, pas de mithridatisation.

Petit à petit, la sensation de chaleur et de lourdeur s'empara de lui, grimpant le long de son corps comme un massage divin, une caresse invisible.

Il commença à décoller.

Les traits de son visage se détendirent lentement.

Toutes les sensations désagréables qui hantaient son quotidien disparurent. La peur. La solitude. La douleur, cette vieille compagne. Les pulsions sexuelles, qu'il ne pouvait plus assouvir depuis longtemps. Tout s'éteignit.

Et alors les images arrivèrent, lumineuses, brûlantes même, accompagnées par les douces envolées que l'angélique Robert Plant semblait venir lui susurrer à l'oreille.

All I see turns to brown, as the sun burns the ground
And my eyes fill with sand, as I scan this wasted land

Trying to find, trying to find where I've been[1].

Les formes, les couleurs et les sons se mélangèrent en une fantaisie sublime et salvatrice, et ces yeux qui ne voyaient plus versèrent des larmes de mélancolie.

Il sombra dans un état de transe molle. Cotonneuse.

C'était comme si la baignoire, tel un berceau céleste, se soulevait dans les airs pour l'emmener dans un voyage psychédélique. Les territoires familiers de son cerveau vagabond.

Quand le bruit d'un craquement violent lui parvint de loin – du salon peut-être –, Ben Mitchell ne sut dire s'il faisait partie de son hallucination ou s'il était bien réel.

Une porte qu'on enfonce ? Son esprit ? Le tonnerre, peut-être.

Intrigué, il enleva l'un des deux écouteurs d'un geste mal assuré.

Un autre bruit sourd. Lointain.

Le professeur se leva péniblement au milieu de la baignoire. L'invisible tanguait autour de lui.

— Qui est là ? demanda-t-il en luttant contre la chape de plomb qui pesait sur ses épaules.

---

1. « Tout ce que je vois devient marron, tandis que le soleil brûle le sol
Et mes yeux s'emplissent de sable, comme je scrute cette terre désolée
Pour retrouver, pour retrouver où je suis allé. »

De la bave coulait au bord de ses lèvres. Titubant, il gagna le couloir.

Oh, pilot of the storm who leaves no trace
Like thoughts inside a dream[1]...

Il arracha le deuxième écouteur.

Des mouvements dans le séjour. Comme si quelqu'un fouillait dans ses affaires. Mais était-ce seulement réel ?

— Qui est là ? répéta-t-il. Arthur ? C'est toi ?

Il progressa lentement dans le corridor, ralenti par un vent contraire imaginaire. Ses pieds lourds comme des enclumes.

Soudain, il distingua nettement des bruits de pas. Ils n'avaient pas l'odeur de la fantasmagorie. Ils puaient le réel. Et ils venaient vers lui.

Les battements de son cœur s'affolèrent. Était-ce la drogue ou la peur ? Les pas approchaient encore. Réguliers. Implacables.

Se défendre.

Il avait un avantage : sa cécité améliorait son ouïe, l'obscurité ne changeait rien pour lui et il connaissait les lieux comme sa poche. Trois pas pour la porte du débarras. Sa main trouva du premier coup la poignée.

Il se glissa à l'intérieur, effleura le placard sur sa gauche. Il se hissa sur la pointe des

---

1. « Oh, pilote de la tempête qui ne laisse aucune trace
Comme des pensées au cœur d'un rêve. »

pieds. Sur la dernière étagère, il attrapa sa vieille batte de base-ball. Un trophée dédicacé par Reggie Jackson, frappeur de légende des Yankees. La forme de la signature était ancrée dans sa mémoire de non-voyant.

Tenant fermement son arme à deux mains devant lui, Ben Mitchell retourna dans le couloir.

Les bruits de pas avaient cessé. Il n'entendait maintenant que le bourdonnement du sang qui cognait dans ses tempes. Et pourtant, il était sûr de sentir une présence. Un fantôme. Tout proche.

En s'efforçant de rester silencieux, il entra dans le salon. Il n'y perçut aucun son. Aucun mouvement.

Alors il commença à douter de nouveau.

Son cerveau intoxiqué l'avait trompé.

Les poings serrés sur la batte de base-ball, il continua toutefois son exploration. Il fit le tour de la pièce et se dirigea vers l'entrée, évitant, par habitude, chacun des pièges de l'appartement.

Quand il fut devant la porte, il posa la main sur la surface du battant. Close. Il éprouva la poignée.

La serrure n'était pas fermée à clef. Un oubli ?

C'est à cet instant qu'il entendit un froissement de tissu. Puis une respiration dans son dos. De plus en plus proche.

143

Il n'eut pas le temps de se retourner. Un bras passa soudain autour de son cou, et on le plaqua violemment contre le mur.

Engourdi par la drogue, le neurophysiologiste ne parvint pas à se débattre.

— Qu'est-ce... Qu'est-ce que vous voulez ?

Les mots sortirent déformés de sa gorge serrée par cette poigne invisible.

— Nous sommes au courant, professeur. Au courant de tout. De ce que vous avez fait.

— Que voulez-vous ? bégaya-t-il.

À présent, il était proprement terrifié. Hallucination ou non, cela importait peu : il était terrifié. Un mauvais trip. Un putain de mauvais trip.

— Que voulez-vous ? répéta-t-il.

— Emily Scott, murmura son bourreau dont la bouche touchait presque son oreille. Elle doit disparaître. Vous devez la faire disparaître.

— Vous... Vous n'êtes pas sérieux !

— Nous sommes très sérieux, monsieur Mitchell. Vous devez la faire disparaître, sinon, on balance tout à la police. Et vous pouvez dire adieu à votre carrière. À votre liberté. Et à vos petites piqûres. Ça m'étonnerait qu'on vous file votre came dans une cellule de prison.

La main se serra encore plus fort sur sa gorge. Le sang luttait pour couler dans ses veines.

— Vous m'avez bien compris ? Elle doit disparaître. Au plus vite. Si vous n'êtes pas

144

passé à l'acte d'ici quarante-huit heures, on balance tout aux flics. Tous vos petits secrets.

— Mais... Mais... Je ne peux pas faire ça !

— Il va bien falloir. C'est vous ou elle.

Un violent coup sur l'arrière du crâne le fit s'écrouler sur le sol. Il perdit immédiatement connaissance.

Black-out.

Quand il revint à lui, incapable de savoir après combien de temps, il resta un long moment assis par terre, dans une immense confusion. Il passa une main derrière sa tête. Il reconnut aussitôt la texture du sang mêlé dans ses cheveux.

Rassemblant toute l'énergie qu'il pouvait, il se leva et retourna, le corps tout tremblant, vers le salon. Les deux mains collées au mur, il peinait à ne pas s'écrouler de nouveau. L'impression de marcher dans un bateau secoué par la tempête.

Son premier instinct fut de composer le numéro de la police. Ses doigts se posèrent sur le téléphone.

Il se ravisa.

Les bras tendus devant lui, il fit le tour de la grande pièce, caressant chaque objet, chaque mur du bout des doigts. Cherchant un indice, une preuve tangible.

C'était une hallucination. Une mauvaise hallucination. Je suis tombé sur le crâne, je me suis blessé, voilà tout.

145

Mais quand il arriva devant son bureau, il ne lui fallut que quelques secondes pour découvrir que son ordinateur avait disparu.

Son ordinateur avec tous ses dossiers dedans. Y compris celui de juin 2010.

The line

31.

Quand il sortit de l'appartement d'Emily au petit matin, Draken fut cueilli par la question de l'agent fédéral, goguenard.

— Alors, on a passé une bonne nuit, docteur ?

— Excellente. J'espère avoir égayé la vôtre. Vous sentez la transpiration, mon garçon. Il faudrait songer à vous doucher de temps en temps.

Le psychiatre lui donna une petite tape pleine de condescendance sur l'épaule et sortit rapidement de l'immeuble.

Quand il arriva devant son appartement de Hicks Street, il fronça les sourcils en apercevant Ben Mitchell. Le professeur, appuyé sur sa canne blanche, attendait devant la porte. Agité, il semblait dans tous ses états.

— Qu'est-ce qu'il se passe ?

— Quelqu'un est venu m'agresser chez moi !

Draken prit le neurophysiologiste par le bras, le fit entrer dans l'appartement et l'installa sur le divan.

— Tu n'as rien ? Ils t'ont fait du mal ?

— Ça peut aller. Mais j'ai eu la peur de ma vie, Arthur !

Le psychiatre vit alors la blessure sur l'arrière du crâne de son ami.

— Attends, je vais te nettoyer ça.

Il apporta de quoi s'occuper de la plaie.

Pendant qu'il le soignait, Mitchell raconta la scène aussi précisément qu'il le pouvait. Sa cécité et l'état dans lequel il était au moment des faits ne facilitaient pas sa tâche. Il se garda bien de mentionner ce dernier détail.

— Tu as une idée de qui pourrait être ce type ? demanda-t-il d'une voix tremblante.

— Non. Sans doute celui qui a essayé de tuer Emily.

— Qu'est-ce que je peux faire, Arthur ? Tu dois me dire. Ça nous concerne tous les deux. Qu'est-ce que je peux faire ?

— Rien.

Le professeur se redressa, perplexe.

— Comment ça, rien ? On ne prévient pas les flics ?

— Tu plaisantes, j'espère ? Il y avait quoi dans ton ordinateur ?

— Tout.

Draken poussa un soupir.

— Alors non, on ne prévient pas les flics. Laisse-moi m'occuper de cette histoire, Ben. Et fais installer une porte blindée.

— C'est tout ? C'est tout ce que tu as à me dire ? s'emporta Mitchell. Un type rentre chez moi, m'agresse, me demande de faire disparaître Emily, menace de me dénoncer aux flics, et ça n'a pas l'air de te choquer plus que ça ?

Draken ne répondit pas.

— Arthur ? Tu es au courant de quelque chose ?

— Je te dis que je vais m'occuper de cette histoire. Laisse tomber.

Le neurophysiologiste resta bouche bée.

— Que je laisse tomber ?

— Oui. Le type t'a dit que tu avais quarante-huit heures ? Je vais essayer de trouver une solution d'ici là.

Mitchell secoua la tête d'un air écœuré. Il s'appuya sur sa canne et se releva d'un coup.

— Tu veux que je laisse tomber ? OK. Mais dans ce cas, je laisse *tout* tomber. Tout ! Ne compte pas sur moi pour venir aux prochaines séances d'Emily.

— Comme tu voudras.

32.

— Eh bien ! C'est un véritable défilé, lança l'agent fédéral en voyant arriver le détective Gallagher dans le couloir.

— Que voulez-vous dire ?

L'homme fit un sourire narquois.

— Non, non, rien.

Elle fronça les sourcils. Ce type était de plus en plus détestable. Elle se contenta de frapper à la porte.

Emily tarda à venir lui ouvrir. Les cheveux en bataille, elle portait une robe de chambre et n'était pas encore maquillée. Elle sembla rougir en découvrant Lola sur le seuil.

— Désolée de venir vous embêter sans prévenir, mais il faut que vous veniez avec moi au commissariat, expliqua le détective. J'ai quelque chose à vous montrer.

— Oh ! D'accord... Bien sûr ! Entrez, je vais me préparer.

Gallagher s'installa dans le salon pendant que la blonde disparaissait dans la salle de bains.

Sur la table basse, un paquet de biscuits apéritifs entamé et deux verres : un verre à vin, et un autre où il restait quelques gouttes de whisky. Dans un cendrier, une dizaine de mégots écrasés. Des Marlboro.

L'enfoiré.

— Ça s'est bien passé, hier, avec Draken ? lança-t-elle en direction de la salle de bains.

— Oui, oui, très bien...

Une demi-heure plus tard, elles étaient dans une petite salle du 88e district, en compagnie du capitaine Powell et de Phillip Detroit. Sur un grand écran d'ordinateur, ce dernier montra à Emily, une par une, toutes les vidéos de surveillance enregistrées le jour de son agression. Celles du Brooklyn Museum et celles récupérées par les analystes du RTCC[1].

— Regardez bien tous les visages des gens que l'on voit sur ces vidéos et dites-nous si l'un d'eux vous évoque quelque chose.

La jeune femme resta muette pendant toute la projection.

Après la dernière séquence, elle se mordit les lèvres d'un air bouleversé. Ces images avaient surgi d'un passé qu'elle ne connaissait pas. C'était comme voir la vie d'une autre femme. Une femme dont elle ne savait rien. Une femme qui ne s'appelait pas Emily Scott.

— Il n'y a aucun visage qui vous rappelle quelque chose ?

Elle secoua la tête.

Lola adressa un regard à Phillip Detroit. Le spécialiste tapota sur le clavier et deux photos apparurent côte à côte.

---

1. *Real Time Crime Center.*

— Vous voyez cet homme avec un chapeau ? Il apparaît sur deux des vidéos, expliqua Gallagher. Celle où l'on vous voit monter précipitamment dans le bus, et celle dans le musée. Il ne vous dit rien, lui ?

La jeune femme haussa les épaules.

— On ne voit pas son visage.

— Non, en effet, malheureusement. Cela nous aurait facilité la tâche. Mais je me suis dit que son chapeau réveillerait peut-être vos souvenirs.

— J'aimerais tellement ! se lamenta Emily.

Elle tremblait. À cet instant, elle éprouvait une terrible sensation d'étouffement, et elle aurait aimé sortir de là. Prendre l'air. Par acquit de conscience, toutefois, et parce qu'elle enrageait de ne pouvoir aider les détectives, elle accepta de regarder toutes les vidéos une deuxième fois. En vain.

Les trois policiers autour d'elle ne purent masquer leur déception.

— Il faut absolument que le Dr Draken vous aide à retrouver la mémoire, lâcha finalement le capitaine.

Lola fronça les sourcils.

— Je ne suis pas sûre que ce soit une bonne idée de multiplier les séances. C'est éprouvant, pour Emily.

— Ça ne me dérange pas, intervint aussitôt l'intéressée.

— Vous seriez prête à en refaire une aujourd'hui même ? demanda Powell.

151

Dans ses yeux, on devinait qu'il avait honte lui-même de se montrer si insistant. Mais l'enquête piétinait.

— Bien sûr.

Lola secoua la tête. Le capitaine lui fit un geste sans équivoque.

— Appelez votre ami, Gallagher. Au moins, on n'est pas un jeudi matin : on est sûrs qu'il est là.

33.

Quand l'homme vint s'asseoir derrière lui sur le banc de pierre, John Singer – le fondateur du site Exodus2016 – sut aussitôt qu'il s'agissait bien de son contact.

La phrase rituelle le confirma.

— Si vous m'entendez parler dans le vent, comprenez bien que nous devons rester de parfaits étrangers…

Devant lui, petits et grands s'en donnaient à cœur joie sur le Wollman Rink, la grande piste de patin à glace de Central Park. Bonnets sur le crâne, écharpes au vent, ils ressemblaient à ces petites danseuses mécaniques que l'on voit tourner en rond dans les boîtes à musique.

Comme à l'accoutumée, Singer avait pour instruction de ne pas se retourner. Depuis un

152

an que leurs échanges duraient, il n'avait jamais vu le visage de ce politicien de haut rang qui avait accepté – pour un motif qu'il n'avait jamais voulu révéler – de jouer pour lui le rôle de *gorge profonde*[1]. De tous les indics « institutionnels » avec lesquels il communiquait, celui qu'il surnommait *Iceman* était certainement le plus précieux. Le plus sûr, et le mieux documenté.

Sans quitter des yeux les patineurs qui évoluaient devant lui, John Singer lança la conversation.

— J'ai bien cru que je ne vous reverrais jamais.

— Pour être rigoureusement exact, vous ne m'avez jamais vu.

— Et à quoi dois-je le privilège de notre rencontre d'aujourd'hui ?

— Cette fois-ci, mon ami, vous risquez d'être déçu. Je n'ai pas de dossier croustillant à vous soumettre. Simplement une mise en garde.

— Décevant en effet. Je ne savais pas que vous étiez du genre à hurler avec les loups.

— Annulez votre conférence de presse, Singer.

Laconique, direct, catégorique. Cela ne lui ressemblait pas.

— Et pourquoi donc ?

---

1. Référence à l'informateur secret qui permit aux journalistes du *Washington Post* de découvrir le scandale du Watergate. Depuis, son identité a été révélée, il s'agissait de Mark Felt, ancien directeur associé du FBI.

— C'est une très mauvaise idée. Vous n'en êtes pas à votre première, certes, mais celle-ci les dépasse toutes.

Le fondateur d'Exodus2016 ne put s'empêcher de rire. Mais ce n'était pas un rire assuré.

— Dans mon répertoire, vous êtes enregistré dans la liste des informateurs, pas celle des conseillers.

— Il faut croire que j'ai fini par m'attacher à votre petite bande de vilains garnements... Je n'ai pas envie qu'il vous arrive des malheurs.

— Cette conférence de presse est le résultat d'une décision collective, et elle a déjà été prise... Impossible de revenir en arrière.

— Si vous allez jusqu'au bout, j'ai bien peur que ce ne soit la dernière décision que vous puissiez prendre.

— Vous deviendriez presque menaçant...

Un bruit de papier dans son dos le laissa penser que son interlocuteur était en train d'ouvrir un bonbon ou un chewing-gum. Il faisait ça à chaque rencontre. Un toxicomane de la confiserie.

Après une pause, l'homme reprit :

— Vous savez ce que Henri Bergson disait de la vanité ?

Singer soupira. Il avait l'impression d'entendre à nouveau le sermon de Steve H., le membre du bureau d'Exodus2016 qui avait essayé de le dissuader. D'un air blasé, il se frotta les mains pour les réchauffer. Le vent glacial de l'hiver lui donnait des frissons.

— Je ne savais pas que vous étiez aussi professeur de philosophie... Mais je vous en prie, éclairez-moi de vos lumières.

— Bergson disait : « Au fond de la vanité, il y a de l'humilité ; une incertitude sur soi que les éloges guérissent. » Souffrez-vous d'un manque de confiance en votre projet, monsieur Singer ?

— Vous savez bien que non.

— Alors ne cédez pas à la vanité. Elle vous perdra. Annulez votre conférence de presse.

34.

En entrant dans le cabinet de Draken, Lola n'avait pu s'empêcher de remarquer l'absence de Ben Mitchell. Bizarrement, elle ne sut s'en réjouir.

La gêne discrète d'Emily ne lui avait pas échappé non plus, preuve supplémentaire, s'il en fallait, qu'il s'était bien passé quelque chose entre elle et le psychiatre.

— Ton ami n'est pas là ? demanda-t-elle en s'efforçant de ne rien laisser paraître de son agacement.

— Non. Il n'a pas pu venir.

— Tu veux qu'on reporte ?

— Certainement pas. Le temps presse. Je me débrouille très bien sans lui.

Gallagher grimaça. Elle avait beau ne pas apprécier le neurophysiologiste, son absence l'inquiétait.

— Tu veux que je reste pour t'assister ? insista-t-elle.

Un sourire se dessina sur les lèvres du psychiatre.

— Non merci. Tu as peur de me laisser tout seul avec Emily ?

— Oui.

— Pour des raisons médicales, ou parce que tu as peur qu'on couche ensemble ? Si c'est le cas, je te rassure, c'est déjà fait.

Emily, qui n'avait encore rien dit depuis qu'elles étaient entrées dans le cabinet, se prit la tête dans les mains, partagée entre la honte et l'amusement.

— J'avais cru comprendre, répliqua Lola d'un air sec. Très professionnel, tout ça.

— Bah... Il paraît que ton ami Phillip Detroit, le beau cow-boy du 88e district, se tape l'une de ses collègues, et ça n'a l'air de déranger ni l'un ni l'autre.

Lola dévisagea Draken longuement, puis elle finit par rendre les armes. Elle esquissa une forme de sourire à son tour.

— T'es vraiment le plus gros trou-du-cul que la terre ait porté.

— Je t'aime aussi très fort, Lola. Maintenant, laisse-nous. On a du travail.

— Je reviens dans une heure. Et cette fois-ci, c'est moi qui ramène Emily.

— D'accord, maman.

Le détective sortit du cabinet.

Aussitôt la porte fermée, Emily s'approcha de Draken et l'embrassa.

L'homme passa une main dans ses cheveux et recula la tête, plantant ses yeux dans son regard.

— On bosse ou on baise ?

— On bosse ! répliqua la jeune femme sans se départir de son sourire.

— Bon, d'accord... Mais après on baise ?

Emily le repoussa gentiment.

— Lola a raison : tu es le plus grand trou-du-cul que la terre ait porté.

— Attends que je te présente mon père.

Ils entrèrent dans le second cabinet.

Ce jour-là, le rituel qui ouvrait la séance d'hypnose prit un sens très différent. Chacun des gestes du psychiatre était empreint d'une sensualité nouvelle. Certains semblaient des caresses. Sa façon délicate – et ferme à la fois – de lier les bras d'Emily, de glisser les électrodes sous son chemisier, de dégager les cheveux sur sa nuque pour y enfoncer l'aiguille...

Mais quand il alluma la caméra et retourna le sablier, Draken redevint aussitôt le thérapeute qu'il était. Concentré, attentif, méticuleux.

— Détends-toi. Détends-toi et laisse ta conscience s'ouvrir. Laisse-la te guider...

The world

35.

— *Je ne veux plus entrer dans le train. Je suis fatiguée d'avoir peur.*
— *Tu n'es pas obligée d'avoir peur, Emily. Nous pouvons t'enlever ta peur.*
— *Je ne veux plus avoir peur.*
— *Nous y travaillons. Je vais te faire la liste de tous les éléments dont tu m'as parlé dans le premier voyage que nous avons fait ensemble, et tu vas me dire lequel te fait le plus peur.*

Draken tourne une à une les pages de son carnet et parcourt les croquis qu'il a réalisés lors de la première séance.

— *Au début de notre voyage, tu m'as parlé d'un vieux temple antique. Est-ce le temple qui te fait peur ?*
— *Non.*
— *La rivière ? Cette rivière sur laquelle marche la reine ?*
— *Non. Je n'ai pas peur de la rivière.*
— *Ni du cygne qui nage dedans ?*

Tout en parlant, Draken garde un œil sur les valeurs des différents appareils de monitoring et il observe avec attention le mouvement des yeux d'Emily. La moindre réaction est une source d'information.

— Ni du pommier qui pousse au bord de la rivière ?

— Non. Le pommier ne me fait pas peur.

— Le roi blessé ? La tour ?

À cet instant, toutes les constantes s'affolent sur les petits écrans. Les yeux d'Emily s'ouvrent en grand, et les pupilles se dilatent.

— C'est la tour qui te fait peur ?

Elle ne répond pas. Mais tout son corps le fait à sa place.

— Alors nous allons marcher vers elle, Emily. Nous allons marcher ensemble vers la tour, pour dompter cette peur. Tu veux bien ?

— Je n'aime pas ça.

— Mais tu me fais confiance, n'est-ce pas ?

— Oui.

— Alors avançons vers la tour. Je te promets que nous n'entrerons pas dedans. Je veux juste que tu me dises ce que tu vois.

— Je vois le roi et la reine qui s'enfuient, qui montent dans la tour. Ils vont aller jusqu'au sommet. Et les méchantes femmes, tout autour, leur tirent des flèches dessus.

— Tu m'as dit l'autre jour qu'elles riaient, ces femmes. Pourquoi rient-elles ? Elles se moquent de toi ?

— Non. Elles n'ont pas le choix. Elles sont obligées de rire. Tout le monde est obligé de

159

rire, même la reine, même le roi. Même le soleil rit.

— Le soleil ? Tu ne m'as jamais parlé de soleil...

— Si. Il y a un grand soleil dans le ciel. Un soleil un peu grotesque, comme dessiné par un enfant, avec des grands rayons droits, comme des traits de crayon. Et il rit lui aussi.

The line

36.

En découvrant la femme qui venait de pénétrer dans son bureau, le capitaine Powell ne put retenir une grimace.

— Ne m'en voulez pas, Mitzie, mais j'ai du mal à sourire quand je vous vois arriver.

Le lieutenant Mitzie Dupree comptait près de vingt ans de bons et loyaux services au sein de l'IAB[1]. La qualité de son travail se mesurait à l'aune de l'animosité que lui vouaient la plupart des policiers du NYPD.

---

1. *Internal Affairs Bureau* : équivalent américain de l'Inspection générale des services en France, la police des polices.

C'était une femme de fer, acharnée et tatillonne. Ne pas être appréciée de ses collègues était le cadet de ses soucis. À vrai dire, elle prenait même cela pour un compliment. Une bonne note sur son appréciation professionnelle : « Agace énormément ses collègues. »

— Ne vous en faites pas, Samuel. Ce n'est pas votre sourire qui m'intéresse, même si je suis sûre qu'il est charmant.

— Ce n'est pas de votre faute, mais vous me faites penser aux corbeaux noirs dans les légendes romaines. Chaque fois qu'on vous voit, on est sûr de s'attendre à une mauvaise nouvelle. Qu'est-ce qui vous amène cette fois ?

La quinquagénaire aux cheveux blonds tirés derrière la tête – et qui partageait au moins avec lui un embonpoint bien assumé – vint s'installer en face du capitaine.

— Le détective Gallagher.

Powell se laissa retomber en arrière sur le dossier de son large fauteuil.

— Décidément, vous ne me laisserez jamais en paix avec cette pauvre Lola !

— Au contraire, capitaine, je veux vous éviter des ennuis. Je préfère prévenir que guérir.

— Gallagher est un excellent flic. C'est peut-être même le meilleur que vous pourrez trouver dans ces murs. C'est grâce à elle qu'on a arrêté La Méduse, je vous rappelle.

— Vous ne pouvez pas savoir le nombre de fois où des capitaines m'ont dit ça au sujet de ceux de leurs subordonnés sur lesquels j'enquêtais. J'ai fait mettre en prison plus d'un agent réputé irréprochable, vous savez. Gallagher a certainement des qualités, mais c'est un flic dangereux pour votre district. Elle va vous attirer des ennuis. Et je suis là pour vous éviter les ennuis.

— Je sais, lieutenant. Mais je vous assure que je la garde sous contrôle.

— J'ai reçu une alerte d'un agent fédéral concernant sa petite escapade de l'autre jour avec Emily Scott. Vous savez où elles étaient, n'est-ce pas ?

La petite seconde d'hésitation qui s'ensuivit était trop longue pour être honnête.

— Elles se sont promenées dans le parc, répondit Powell avec un sourire.

Le lieutenant Dupree sourit à son tour.

— Soit. Faisons comme si vous ne saviez pas. Alors je vous en informe officiellement : elles étaient chez le Dr Draken. Et elles y sont de nouveau en ce moment même.

— Cette fois, elles ont l'autorisation du procureur.

— Je trouve votre « cette fois » très amusant. L'autorisation du procureur est une chose, mais elle ne vous dédouane en rien de vos responsabilités. Draken est comme Gallagher : c'est un nid à problèmes. Ces deux-là ont une notion très particulière de la déontologie.

— C'est peut-être ce qui les rend si efficaces.

— Et c'est aussi ce qui vous causera de sérieux ennuis. Les liens que Gallagher a noués avec Emily Scott ne sont pas professionnels. Elle prend ça trop à cœur, et elle a déjà dérapé plusieurs fois sur ce dossier. Vous devez lui retirer l'affaire.

Cette fois, le capitaine ne souriait plus du tout.

— Je ne peux pas lui faire ça, Mitzie !
— Oh, si ! Et vous allez le faire dès aujourd'hui, Samuel, parce qu'à partir de maintenant je vous ai informé, et je vous tiens donc comme directement responsable. De toute façon, les fédéraux vont très probablement reprendre le dossier. C'est une question d'heures.

Two meanings

37.

Seul dans l'obscurité de son cabinet, Draken était en train de visionner la vidéo de la dernière séance d'Emily pour la troisième fois. Son carnet de croquis posé devant lui, il apportait ici et là quelques nouveaux détails aux dessins qu'il avait faits pour représenter les visions de la jeune femme.

« ... *elles sont obligées de rire. Tout le monde est obligé de rire, même la reine, même le roi. Même le soleil rit.*

— Le soleil ? Tu ne m'as jamais parlé de soleil...

— Si. Il y a un grand soleil dans le ciel. Un soleil un peu grotesque, comme dessiné par un enfant, avec des grands rayons droits, comme des traits de crayon. Et il rit lui aussi. Il y a du vent au pied de la tour. Beaucoup de vent qui se glisse entre les pics rocheux sur lesquels elle se dresse. Non. Ce ne sont pas des pics rocheux. C'est une main. Une grande main noire sortie de terre.

— C'est ça qui te fait peur, Emily ? Cette grande main noire qui porte la tour ?

— Non. J'ai peur pour la reine et le roi. Ils sont montés dans la tour pour se réfugier tout en haut. Mais ils ne sont pas en sécurité. Ils ne seront pas en sécurité. Les femmes qui se forcent à rire continuent de leur tirer dessus... »

Les coups secs frappés à la porte firent sursauter le psychiatre. Ils étaient si forts qu'il ne prit pas même le temps d'arrêter la vidéo et se précipita pour voir qui le dérangeait ainsi un samedi après-midi.

— Papa...

— Je t'ai déjà dit de ne pas m'appeler comme ça.

Ian Draken était essoufflé. Malgré la rampe que son fils avait fait installer dans l'escalier, monter jusqu'au premier étage du cabinet en chaise roulante était une véritable épreuve de force.

— Qu'est-ce que tu fais ici ? Ils t'ont laissé sortir tout seul de la maison de retraite ?

— Non. Il y a ce crétin de Jack qui m'attend en bas, dans son van. Sa femme l'a quitté avant qu'il n'ait eu le temps de le faire lui-même. Il est en miettes. J'ai abusé de son abattement pour le convaincre de me conduire jusqu'ici.

— C'est tout toi. Charmant, comme toujours. Et tu es venu pour quoi, exactement ?

— Je veux récupérer des photos de ta mère.

— Pardon ?

— Je n'ai pas une seule photo d'elle à la maison de retraite. Je veux des photos de ta mère.

Arthur écarquilla les yeux, incrédule.

— Depuis quand tu fais dans le nostalgique ? Tu n'en as jamais rien eu à foutre des photos de maman...

— Il faut croire qu'on peut encore changer à mon âge. Comme quoi, ne désespérons pas : tu deviendras peut-être un jour un bon psychiatre. Laisse-moi passer.

Ian Draken fit rouler sa chaise jusqu'au centre du cabinet, écrasant presque au passage les pieds de son fils.

165

Sur l'écran de la télévision, les images de la séance d'Emily continuaient de tourner. Le vieux psychiatre regarda la vidéo jusqu'à ce qu'elle s'éteigne, ayant atteint les sept minutes fatidiques.

— Je vois que tu continues à faire joujou avec ta patiente.

— Je ne fais pas joujou. J'essaie de l'aider.

— La pauvre ! Tu l'as sautée ?

Draken ne répondit pas.

— Bon, ils sont où, les albums photos ? demanda son père, amusé.

— Dans ma chambre. Je t'accompagne.

— Non merci. Je préfère chercher tout seul.

Draken hésita. Deux solutions : soit le vieil homme préparait un coup fourré, soit il traversait un authentique épisode nostalgique.

Derrière sa façade de roc glacial, Arthur n'ignorait pas que son père cachait une sensibilité profonde. Depuis la mort de sa femme en 1989, Ian était devenu un homme aigri, plus aigri qu'il ne l'était déjà auparavant, et c'était bien la preuve qu'Abbigail lui manquait. Sans doute s'était-il rendu compte que celle-ci comptait bien plus pour lui qu'il n'avait jamais voulu l'admettre, et il enrageait de constater que, sans elle, il peinait à s'en sortir. Mais il n'avait jamais voulu le dire. Certainement pas à son fils. Il avait toujours caché sa douleur. Vouloir trouver des photos de cette femme qui leur manquait à tous les deux était un aveu de faiblesse qui ne lui ressemblait pas.

C'était peut-être simplement une excuse pour venir voir son fils. Une envie encore plus inavouable pour Ian que celle de retrouver de vieux clichés.

Arthur laissa finalement son père partir seul vers la chambre. Il secoua la tête et se rassit à son bureau. Il rembobina la cassette de la séance d'Emily pour la visionner de nouveau.

La tête appuyée sur sa main gauche, il reprit patiemment le dessin de la grande tour que décrivait la jeune femme. Ces longs rochers noirs qui sortaient du sol et semblaient porter l'édifice, telle une main, donnaient au croquis un air fantastique. Draken songea que le résultat ressemblait à une peinture que l'artiste John Howe aurait pu faire pour représenter *La Tour sombre* de Stephen King.

« – *Et maintenant, c'est pire. Le cavalier avec la grande cape arrive.*

— *Il sourit, lui aussi, n'est-ce pas ?*

— *Je ne crois pas qu'il soit capable de sourire. C'est son masque qui sourit. Son masque vénitien blanc. Il monte vers le sommet de la tour. Il va les attraper ! Oh, j'ai si peur !*

— *Regarde le soleil qui sourit, Emily. Cherche une image qui te rassure.*

— *Le soleil n'est plus là. C'est cet œil, maintenant, qui emplit tout le ciel. Un œil*

167

sur le monde. Il voit tout. Il me voit, moi, il voit le roi et la reine, et il voit le cavalier noir... »

Arthur chercha dans son carnet le dessin du cavalier dont on ne voyait pas le visage. Lentement, il reprit les traits de son masque vénitien.

Quand, un peu plus tard, Ian Draken revint dans le cabinet, son fils avait eu le temps de regarder deux fois la vidéo.

— Tu as trouvé ce que tu cherchais, papa ?

— Oui, répondit le vieil homme.

— Tant mieux pour toi. Bon, tu ne veux pas m'aider, maintenant ? Je pense que tu avais raison l'autre jour...

— J'ai toujours raison.

Arthur secoua la tête.

— Quand elle a les yeux ouverts, continua-t-il, elle parle de l'avenir. Quand ils sont fermés, elle parle du passé. Et là, pendant cette séance, elle les a gardés ouverts du début à la fin.

— Alors elle ne parle que du futur. Wow ! Bravo fiston, quelle avancée !

Le fils ne releva pas la moquerie.

— C'est la vision qui lui fait le plus peur. Cette tour noire. Il va se passer quelque chose dans cette tour noire. La reine et le roi y sont en danger. Il faut que je l'aide à ne plus avoir peur de cette vision, mais je ne sais pas par où commencer.

— Dis-moi, tu es payé pour faire ça ?

— Évidemment.
— Alors débrouille-toi.

The line

38.

— Je suis désolé, Lola, mais les ordres sont formels. Je ne peux pas vous laisser continuer l'enquête sur Emily Scott. Vous passez sur autre chose. Il y a de quoi faire...

— Vous plaisantez, capitaine ? Je suis ce dossier depuis le début !

— Et vous n'avez rien trouvé de concret. Rien.

— C'est bien pour ça que je dois continuer ! Emily me fait confiance. Elle compte sur moi. Je sens que je suis sur le point de trouver quelque chose. Draken fait des progrès... Et puis il y a cet homme au chapeau qui apparaît sur les vidéos. C'est une piste.

— Non. Vous en avez fait une affaire personnelle et vous avez déjà franchi les limites plus d'une fois. Je vous connais, détective : vous allez faire des conneries, avec ce dossier.

— Je vous promets que...

— Gallagher ! C'est un putain d'ordre ! Vous vous souvenez encore de ce que c'est qu'un ordre ?

Les épaules de Lola s'affaissèrent. Elle savait bien qu'il était inutile de lutter.

— Je suis désolé, répéta son supérieur d'un air sincère.

Elle hocha la tête et sortit sans rien ajouter.

La mine grave, elle traversa tout l'open space et se dirigea tout droit vers le bureau de Phillip Detroit.

— Tu en fais une tête ! lança celui-ci en la voyant entrer dans la petite pièce sombre.

Lola se laissa tomber sur un fauteuil d'un air dépité.

— Powell me retire de l'enquête sur Emily Scott.

— Ah ! C'était donc ça...

— Quoi ?

— Cette charmante Mitzie Dupree lui a rendu une petite visite tout à l'heure. Je me suis dit que ça sentait le roussi.

— La salope ! Elle ne me lâchera jamais, celle-là !

Detroit la regarda longuement avant de lancer :

— Tu as des soucis, Gallagher ?

— De quoi tu parles ? Cette vieille chieuse me cherche des noises à cause de Draken, c'est tout.

— T'es sûre ? Tu me caches pas un truc ?

— C'est quoi cette question ? Je ne suis pas venue pour que tu me fasses la morale !
— T'es venue pour quoi ?
Lola leva les yeux au ciel.
— Tu sais très bien, Ducon. Quand je suis énervée, il n'y a qu'un seul remède.
— Je vois.
— Tu ne vas pas te plaindre, non plus ?
— *Courtoisie, professionnalisme, respect*[1]. Chez moi ou chez toi ?
— Chez toi. Dans une heure.

Two meanings

39.

À force de regarder le dessin de cette tour qui faisait si peur à Emily, Draken se demanda s'il avait raison d'insister, de fouiller. Après tout, si cette tour effrayait la jeune femme, peut-être devrait-il simplement l'aider à l'oublier. Ou au moins à la contourner.

---

[1]. Devise de la police de New York.

Mais c'eût été une forme de déni, même pour une amnésique, et le déni n'était jamais une solution très efficace à long terme. Et puis cela n'aiderait pas Lola. Le détective avait besoin de réponses, d'éléments concrets. Mais quels éléments Draken pouvait-il lui donner à partir de ces seules vidéos ?

Il pouvait lui confirmer qu'un événement futur bien précis faisait peur à Emily : la disparition possible de deux personnes. Un couple, probablement : le roi et la reine. Et cette disparition avait un lien avec une tour. Ou quelque chose qui, dans l'esprit de la jeune femme, se traduisait par une tour. Une tour noire, dressée sur des rochers en forme de main.

La seule chose qui pourrait aider Lola concrètement serait de trouver ces trois informations : qui étaient le roi et la reine, que représentait la tour et, surtout, quand cet événement aurait-il lieu ?

Le roi, la reine, la tour. On pensait forcément aux échecs... Mais il fallait se méfier de ce genre d'évidences. L'esprit d'Emily avait peut-être choisi le thème des échecs pour représenter des choses qui, en réalité, n'avaient rien à voir avec le jeu.

Draken pesta. Il n'avançait pas. Et pourtant, il était certain qu'il y avait quelque chose dans cette vidéo.

Cette histoire de rire forcé... Elle avait beaucoup insisté dessus. Tous les personnages, au moment critique, s'obligeaient à sourire.

Le sourire pouvait être tantôt symbole d'espoir ou d'amitié, tantôt de moquerie. Il y avait autant de sourires tristes que de larmes de joie. Mais quand le sourire était forcé ? Ces gens étaient-ils des amis contraints ou des railleurs ? Le soleil, quant à lui, faisait penser à un *smiley*, ces petits visages stylisés, jaunes et souriants, et évoquait peut-être l'univers de l'informatique.

N'y tenant plus, il décrocha son téléphone et composa le numéro de la maison de retraite. Ian, à coup sûr, avait eu tout le loisir d'écouter de loin, pendant qu'il fouillait les albums photos, ce que disait Emily sur l'enregistrement. Et cette ordure avait un excellent esprit d'analyse.

— Allô ? Jack ? Vous pouvez me passer mon père ?

Son interlocuteur balbutia.

— Euh... Ça ne va pas être possible... Il... Il y a eu un drame...

La gorge de Draken se noua.

— Que s'est-il passé ?

— C'est M. Solberg. Le voisin de chambre de votre père. Il est mort.

Les poings du psychiatre se desserrèrent. Il avait craint pire. Pour son père, en tout cas.

Soudain, il eut un horrible doute.

Sans dire un mot de plus, il raccrocha et se précipita dans sa salle de bains. D'un geste brusque, il ouvrit l'armoire à pharmacie.

Dedans, il trouva la confirmation de son affreux pressentiment.

Une boîte de Tranxene neuve avait été ouverte. Cinq ampoules de 50 mg manquaient à l'intérieur.

The line

40.

Detroit avait les yeux fixés sur les épaules nues de la rousse. Il n'était pas sûr que cela ait vraiment du sens, mais il avait toujours trouvé que Lola avait « de belles épaules ». Rondes, douces, presque frêles, on avait envie de les saisir. De les tenir. Mais Gallagher n'était pas une femme qu'on pouvait « tenir ».

Longtemps après le point d'orgue de leurs fougueux ébats, ils étaient encore enlacés, immobiles et transpirants, sur le matelas posé à même le sol. Lovée entre les bras musclés de ce cow-boy à la plastique impeccable, Lola avait presque l'air d'un petit être fragile.

D'habitude, elle évitait ce genre de démonstrations affectives. Pas de sentiment. Pas de tendresse. Juste du sexe. Mais, à l'évidence, l'Irlandaise n'était pas au meilleur de sa forme, ces jours-ci. Sans doute avait-elle besoin de quelque réconfort passager. Ici, elle était hors du monde.

— Je suis au courant pour ton frère.

Detroit n'avait pu s'empêcher de lâcher le morceau. Il s'en voulut aussitôt de ramener son amie à la réalité. Mais il avait choisi les mots avec attention. Il en disait assez, mais pas trop. Cela pouvait vouloir dire qu'il était au courant pour son cancer, mais aussi pour leurs identités différentes... ou pour ce revolver de contrebande et cette étrange capsule que Coleman conservait chez lui. En quelque sorte, il tâtait le terrain.

La réaction de Lola ne se fit pas attendre. Tout son corps se raidit. Elle repoussa Phillip, recula la tête et le regarda d'un air suspicieux.

— Au courant de quoi ?

— Tu sais très bien.

Gallagher roula sur le dos en poussant un soupir.

— Je n'ai pas envie d'en parler, Phillip.

— OK... Je peux faire quelque chose pour toi ?

— Oui. Tu peux arrêter de jouer les grands frères. Contente-toi de me sauter quand je te le demande, et on restera bons amis.

Detroit pouffa.

— Merde, t'as un sérieux problème, Gallagher ! T'es pire que moi !

— C'est ça qui te plaît, non ?

175

— Ouais. Ça et tes épaules. Mais tu sais, ça fait du bien de se confier, parfois...

— Eh bien, si un jour j'éprouve le besoin de me confier, je te promets que je penserai à toi.

Il secoua la tête et l'attira de nouveau vers lui. Mais Lola résista. Elle se leva du lit, ramassa ses vêtements par terre et partit vers la salle de bains.

— Il faut que j'y aille, mon fils va m'attendre.

41.

La tension se lisait dans le regard du personnel et des pensionnaires de la maison de retraite. Quiconque venait régulièrement ici pouvait sentir qu'il s'était passé quelque chose. Même si la mort faisait partie du quotidien des uns et des autres, la peine et la gêne restaient toujours palpables. M. Solberg était entré dans l'établissement de nombreuses années auparavant. Cet homme silencieux et souriant faisait presque partie des murs.

Draken aperçut Jack dans le hall et se précipita vers lui sans même passer par le comptoir d'accueil.

— Où est mon père ?

— Je viens de le ramener dans sa chambre. Mais les heures de visite sont terminées, mon-

sieur Draken. Quelles que soient les circonstances...

— On les emmerde, les heures de visite.

Il ne laissa pas à son interlocuteur le temps
de s'indigner et se dirigea tout droit vers les
ascenseurs. Au troisième étage, il entra sans
frapper dans la chambre 301.

Il trouva son père allongé dans son lit. Visiblement, le vieil homme était parfaitement
serein. Il lisait un livre : *L'Homme qui prenait
sa femme pour un chapeau*, d'Oliver Sacks.

Le lit à côté du sien était fait. Les affaires
de M. Solberg avaient déjà été enlevées.

— Tiens, le fils prodigue ! Qu'est-ce que tu
fais là ?

— Tu sais très bien ce que je fais là !
s'emporta Draken, à fleur de peau. T'es vraiment un grand malade !

— Juste un peu handicapé...

— Tu crois que, s'ils font une autopsie de
ton voisin de chambrée, ils ne vont pas voir
que ce pauvre homme a 200 mg de clorazé-
pate dans le corps ?

— Je ne vois pas de quoi tu veux parler,
répondit le vieil homme, qui avait conservé
son livre dans ses mains comme s'il s'apprê-
tait à reprendre sa lecture d'un moment à
l'autre.

— Te fous pas de ma gueule, papa ! Tu
as pris quatre ampoules de Tranxene chez
moi !

Ian se contenta de hausser les épaules.

— T'es vraiment un grand malade ! répéta Draken, mais sur un ton accablé cette fois, et il se laissa tomber sur une chaise.

— Allons, allons... C'est pour moi que tu t'inquiètes ? Il n'y aura pas d'autopsie. Il n'y a pas de famille pour en réclamer une. Et M. Solberg est mort de sa belle mort, après des années de souffrance causées par Alzheimer.

— Ce n'était pas à toi de décider si l'on devait mettre un terme ou non à ses souffrances !

Le visage de Ian s'assombrit. Son sourire avait disparu.

— Ce n'est pas moi qui l'ai décidé, Arthur. C'est lui qui me l'a demandé. J'aurais préféré garder M. Solberg comme voisin. Garde tes leçons de morale pour toi.

Un silence.

— Je l'aimais bien.

Draken ne se laissa pas attendrir.

— Tu t'es bien foutu de ma gueule ! Je me disais bien que cette histoire de photos ne tenait pas debout. Je suis sûr que tu n'as même pas pris une seule photo de maman chez moi ! Hein ?

Le vieux psychiatre ne répondit pas. Il se gratta le front d'un air presque gêné.

— J'en étais sûr ! T'es vraiment un connard.

— Tu préférerais avoir un père fétichiste des photos de son épouse morte depuis des années plutôt qu'un père éprouvant de la compassion pour son prochain ?

— Je préférerais ne pas avoir un père prétentieux, qui se croit supérieur à tout le monde et qui n'en fait qu'à sa tête sans se soucier des conséquences pour son entourage.

Ian posa le livre à côté de lui, ajusta l'oreiller dans son dos et se redressa dans son lit. Il regarda longuement son fils.

— Qu'est-ce que tu fais, fiston ? Tu essaies de me pisser dessus ? C'est une histoire de mâle dominant, c'est ça ? Tu veux devenir un homme ?

— Ta gueule.

— Ou bien tu es tout fier d'avoir réussi à résoudre un mystère en trouvant que quatre ampoules de Tranxene avaient disparu de ton armoire à pharmacie ? Tu fanfaronnes ? C'est une façon de te consoler, parce que tu sèches sur ta patiente amnésique, alors tu préfères noyer le poisson en te disant que tu as résolu le meurtre d'un vieillard dans une maison de retraite ?

— Va te faire foutre !

Arthur se releva de sa chaise, prêt à partir.

Ian sourit à l'insulte. Puis, en reprenant le livre à ses côtés, sur un ton calme et monocorde, il lança :

— Le 24 janvier.

Arthur, qui était déjà sur le pas de la porte, se retourna et fronça les sourcils.

— Quoi ? C'est l'enterrement de M. Solberg ?

Le vieil homme secoua la tête.

— Non, crétin. Le 24 janvier, c'est le Belly Laugh Day[1].

— Je ne comprends rien à ce que tu me racontes.

— C'est un jour où tout le monde est « obligé de rire », Arthur. Et le symbole de cette journée à la con, c'est un grand soleil qui sourit, avec sept rayons dessinés comme des traits de crayon.

Draken resta bouche bée.

— Cette chose qui fait si peur à ta petite protégée, ça va se passer le 24 janvier. Dans trois jours.

42.

Lola venait de coucher Adam quand on sonna à la porte de son appartement. Pas une seconde de répit. Elle partit ouvrir en traînant des pieds.

Draken apparut sur le palier, une bouteille de single malt irlandais à la main.

— Il faut qu'on cause, dit-il en entrant à l'intérieur.

— C'est pour ça que tu as apporté du whisky ?

---

1. Fête du Rire. Ce jour-là, à une heure précise, les citoyens américains sont invités à rire en tendant les bras vers le ciel...

— La chose étant bannie chez toi, je suis venu armé.

— Détrompe-toi, Adam m'a rendu la clef du coffre à bouteilles.

— Et tu ne l'as pas encore vidé ?

Lola lâcha son premier sourire.

— Imbécile !

Ils entrèrent dans le salon.

— Il dort, ton fils ?

— Je viens de le mettre au lit.

— Je peux aller l'embrasser ?

— Si tu veux.

Quand Draken revint dans le séjour, quelques minutes plus tard, Lola avait posé deux verres sur la table basse et ouvert la bouteille de Bushmills. Elle servit son ami avant même qu'il ne se soit assis.

— Tiens, dit-elle, on n'a qu'à dire que c'est un calumet de la paix.

— Pourquoi, on est en guerre ?

— On peut dire que tu m'as pas mal cherchée, ces derniers jours, non ? Et puis, coucher avec Emily, c'était pas des plus intelligents. T'es obligé de sauter tout ce qui est jeune et joli ?

— Tu parles d'un calumet de la paix ! Et qui te dit qu'Emily et moi c'est juste une histoire de coucherie ? Mais c'est vrai qu'elle est jeune. Et jolie.

Lola fit une grimace dubitative. Draken éprouvait-il vraiment des sentiments pour l'amnésique ? De toute façon, elle n'était pas sûre de préférer l'une ou l'autre solution.

— Je suis justement venu te parler d'elle, reprit le psychiatre. Mais pas de ça...

— Tu as trouvé quelque chose ?

— Oui. Enfin, pour être honnête, c'est mon enfoiré de père qui a trouvé quelque chose.

Lola pouffa.

— Ce bon vieux Ian ! Il t'humiliera jusqu'au bout, hein ?

— La chose qui fait peur à Emily, ça va arriver le 24 janvier. Dans trois jours.

— Tu en es sûr ?

— Moi, non. Mais Emily l'est, si on en croit ses visions. Le jour du Belly Laugh Day.

— Et c'est quoi, à ton avis, cet événement qui lui fait peur ?

— Deux personnes, un couple a priori, qui vont être tuées, ou enlevées. Probablement dans une tour.

Draken remarqua aussitôt la lueur dans les yeux du détective.

— Quoi ? Tu es au courant de quelque chose ? demanda-t-il.

Lola resta silencieuse.

— Si tu veux qu'on avance, ma belle, il faut qu'on partage nos infos.

Elle hésita encore avant de répondre enfin.

— Je ne t'ai jamais donné les détails, mais sur une vidéo de surveillance du Brooklyn Museum, on voit Emily, quelques minutes avant qu'elle ne se fasse tirer dessus, qui parle d'un enlèvement et de la tour du Citigroup Center.

Draken ne put retenir un sourire de satisfaction.

— Parfait ! Ça colle. Tu as maintenant la date probable de cet enlèvement. Le 24 janvier.

Lola hocha la tête.

— C'est une excellente nouvelle. Ça va permettre de resserrer les recherches. Le problème, c'est que je ne vais pas pouvoir obtenir qu'on ferme toute la tour ce jour-là, simplement à cause des visions sous hypnose d'une femme amnésique... Personne ne va nous prendre au sérieux. Il nous manque encore des informations. Il faudrait savoir qui sont ces deux personnes. Tu n'as aucun élément à me donner à leur sujet ?

— Rien de précis. Emily les représente comme un roi et une reine. Idem pour la menace qui pèse sur eux. C'est encore un peu flou. Il semble que cela soit un homme, qu'elle appelle le « cavalier noir » et qui, dans sa première vision en effet, « enlevait » les gens sur son passage.

— Elle a décrit cet homme ?

— Non. Il n'a pas de visage. Il porte un masque.

Il n'a pas de visage. Lola ne put s'empêcher de penser à l'homme au chapeau qui apparaissait sur les vidéos de surveillance. On ne voyait jamais son visage.

— Il faudrait que nous fassions une nouvelle séance pour que je lui demande de se focaliser sur eux, suggéra le psychiatre.

— Ça ne va pas être commode. L'IAB a demandé à Powell de me retirer de l'enquête,

183

et ils ne veulent plus entendre parler de tes séances d'hypnose.

Draken haussa les épaules.

— Emily est majeure, non ? Si elle a envie de venir passer un peu de temps chez un type avec qui elle couche, c'est son droit...

Lola sourit.

— C'est son droit, confirma-t-elle.

Ils burent tous deux une gorgée de whisky.

Après un long silence, Draken, sans la regarder, posa une question à Lola d'un air faussement désinvolte.

— C'est grave, pour ton frère ?

Gallagher resta comme paralysée, son verre de Bushmills au bord des lèvres.

Après Detroit, c'était donc au tour du psychiatre de l'interroger sur ce sujet. Comment pouvaient-ils savoir ?

— Il est malade, n'est-ce pas ? insista le psychiatre.

Elle ne répondit toujours pas. Pas la force de nier.

— Un oncle qui offre une Nintendo DS à son neveu alors que ce n'est pas son anniversaire, c'est rarement bon signe. Soit il a quelque chose à se faire pardonner, soit il a peur de mourir. Ce qui revient au même. C'est quoi ? Le SIDA ?

— Cancer des poumons, lâcha-t-elle enfin.

Elle dut lutter pour retenir ses larmes.

— T'as envie d'en parler ?

— Pas tellement.

— Il est aussi têtu que toi, ton frère ?

— Pire.
— On n'est pas dans la merde...
Lola esquissa un début de sourire.
— T'as demandé à ton copain le Dr Williams de s'en occuper ? demanda Draken.
Elle hocha la tête.
— Alors on est encore plus dans la merde.
— Arrête ! Mark est un excellent médecin.
— C'est un nul. Il serait pas foutu de soigner un rhume.
— Ça se soigne pas les rhumes.
— Non. Mais la peine, ça se soigne.

43.

Le lendemain, Emily était arrivée dans le cabinet de Draken avant midi. Elle avait accepté de faire une nouvelle séance en cachette. Pas un mot au procureur, pas un mot au capitaine Powell. Le psychiatre lui avait dit que le temps pressait, qu'ils devaient avancer. Elle n'avait rien demandé de plus.

The world

— J'aimerais que tu me parles du roi et de la reine, Emily. Tu peux me les décrire ?

— Je ne sais pas. Ils n'ont pas toujours le même visage.

Emily ferme les yeux.

— Quand ils sont dans la rivière, ils sont beaux. Ils ont des vêtements luxueux. Le roi est blessé, certes, mais il semble robuste. Il semble fier. Et quand la reine me tend sa couronne, elle est si élégante, si gracieuse, si douce !

— À quoi ressemble-t-elle ?

— À cet instant-là, elle me ressemble un peu. Oui... Ce pourrait être ma mère. Ou ma sœur. Jusqu'à ce qu'elle change.

— Quand changent-ils de visage, alors ?

La jeune femme ouvre de nouveau les paupières.

— Quand ils approchent de la tour.

— Tu peux me les décrire à cet instant-là ?

— Non, pas vraiment. Ils sont flous. Leur figure est brouillée. Elle n'arrête pas de changer de forme. Je n'arrive pas à les voir correctement. Et puis il y a tellement de vent, au pied de la tour. Leurs vêtements sont battus par les bourrasques. J'ai du mal à garder les yeux ouverts, tant il y a de vent. Mais l'œil, lui, les regarde.

— Le grand œil dans le ciel ?

— Oui. L'œil sur le monde. Il voit tout. Il les voit, lui. On dirait qu'il les protège...

The line

44.

Au matin du fameux 24 janvier, Draken, éreinté, n'était pas parvenu à trouver l'information que cherchait désespérément Lola : un indice concluant sur l'identité du roi et de la reine. Quelque chose qui aurait pu la guider vers les victimes potentielles.

Pendant deux jours il avait annulé ses rendez-vous et s'était enfermé chez lui, tout entier à son analyse. Il avait regardé en boucle les quatre vidéos dont il disposait, il avait multiplié les dessins sur son carnet de croquis... C'était devenu un véritable bestiaire, à présent. Le cygne, le rhinocéros mort, l'oiseau aux ailes rouges qui lançait des éclairs... Une galerie de portraits et de paysages, un patchwork fantasmagorique. Le roi, la reine, l'épouvantail, le cavalier noir, les femmes qui tiraient des flèches, le pommier, la rivière, la tour... Et puis cet œil gigantesque qui emplissait le ciel. Mais tout cela n'était pas assez précis. Draken manquait de temps, il manquait de matière. Il y avait tant de symboles à déchiffrer !

Quatre misérables séances, c'était loin d'être assez pour trouver quelque chose de concret.

En réalité, ce qui l'inquiétait le plus, c'était Ben Mitchell. Le délai des quarante-huit heures était passé. Le neurophysiologiste avait laissé un message pour dire qu'il partait s'isoler dans l'Illinois et, depuis, il n'avait pas donné de nouvelles. Draken espérait qu'il n'allait pas craquer. Appeler la police lui-même. Et s'il ne le faisait pas, l'homme qui l'avait menacé passerait-il à l'acte ?

Qui était ce type et que voulait-il ? Était-ce le « cavalier noir » dont parlait Emily dans ses visions ? Pourquoi la voulait-il morte ? Pour la faire taire, sans doute. Il y avait de grandes chances que ce soit le même homme qui lui ait tiré dessus dans le parc de Fort Greene.

Mais Emily était toujours là. Elle était toujours en vie et, visiblement, elle était une menace pour lui. Draken avait espéré comprendre à temps en quoi consistait cette menace. Mais il était trop tard à présent.

Cet enfoiré risquait de tout balancer aux flics.

Et ça, Draken ne pouvait pas se le permettre.

En début de matinée, il se résolut à se mettre en route. Il n'avait pas le choix.

Il avait promis de se rendre au 88e district le plus tôt possible. Même si Lola avait été retirée de l'enquête, elle avait réussi à convaincre Powell d'écouter au moins ce que Draken avait à leur dire. À en croire les visions d'Emily, le drame allait se dérouler ce jour-là. Il leur restait à peine quelques heures, sans doute, pour essayer de trouver une piste.

Il fallait qu'il soit bon. Non seulement pour montrer à Powell et aux gens de l'IAB qu'ils avaient tort de ne pas leur faire confiance, à lui et Emily, mais aussi parce que deux vies en dépendaient probablement.

Et, surtout, c'était peut-être sa seule et unique chance d'empêcher l'agresseur de Mitchell de livrer à la police les dossiers compromettants qu'il avait fatalement trouvés dans l'ordinateur.

À 8 h 45, le psychiatre entrait dans le commissariat, son petit carnet noir à la main.

— Vous avez trouvé quelque chose ? demanda-t-il en saluant Lola, Powell et Phillip Detroit, tous les trois réunis dans le petit bureau de ce dernier.

— Rien du tout, répondit le capitaine. Il n'y a aucun événement prévu aujourd'hui dans la tour du Citigroup Center qui sorte de l'ordinaire. Les gérants ont tout de même accepté d'élever le niveau de sécurité et nous avons deux hommes là-bas depuis l'aube... Ils vérifient les identités des gens qui entrent et sortent. C'est tout ce qu'on peut faire. Et vous ?

Draken fit une grimace désolée.

— Malheureusement, je n'ai rien de très concret. Tout semble indiquer que l'enlèvement – s'il s'agit bien de cela – concerne un couple, et qu'il va bien avoir lieu dans la tour... Emily voit la chose comme un drame. Pour elle, il s'agit de quelque chose de très grave, plus grave sans doute qu'un simple enlèvement, si vous voulez mon avis. C'est une véritable tempête, qui touchera le destin de beaucoup de monde. C'est ainsi, en tout cas, que j'interprète les hommes qu'elle voit tomber les uns après les autres dans l'immense sablier que devient la tour à un moment de sa vision. Si vous voulez, je peux vous montrer les dessins que j'ai effectués. Ça vous fera peut-être penser à quelque chose. Vous avez sûrement des infos que je n'ai pas...

Le capitaine acquiesça et Draken leur tendit son carnet. Les trois policiers, penchés sur les croquis, tournèrent les pages une à une, sans rien dire. Soudain, Detroit fronça les sourcils.

— Vous permettez ?

Il prit le bloc et revint quelques pages en arrière.

— C'est quoi ce dessin ? demanda-t-il en se tournant vers Draken.

— C'est un œil qui emplit tout le ciel, dans les visions d'Emily. Une sorte d'observateur omniscient, qui voit tout ce qui se passe. À un moment, elle m'a même dit qu'il était sans doute le seul à connaître le vrai visage du roi et de la reine. Elle l'appelle « l'œil sur le monde ».

— L'œil sur le monde ? répéta le spécialiste. Merde ! Ça peut pas être une coïncidence !

— Quoi ?

Detroit, qui semblait complètement transporté, se rassit à son bureau et tapota sur le clavier de l'un de ses ordinateurs.

— Regardez.

Une page Internet s'ouvrit sur son écran.

C'était le site de Korben, un blogueur français avec lequel Detroit avait sympathisé quelques années plus tôt, spécialisé dans les informations sur l'univers de l'informatique et de la technologie, avec une forte connotation *underground*. Très souvent, le Français était en avance sur la plupart de ses concurrents américains. Ainsi, le blog de Korben faisait partie de la liste des six ou sept sites que Detroit consultait chaque matin dès qu'il arrivait au bureau. Et, ce jour-là, la page d'accueil du Français était en grande partie occupée par une news de taille : les fondateurs du site Exodus2016 allaient donner dans la journée une conférence de presse – attendue par les journalistes du monde entier – dont le lieu était encore tenu secret. En illustration de l'article, on pouvait voir le logo d'Exodus2016.

Un œil dans lequel était incrusté un globe terrestre.

— Un œil sur le monde, murmura Detroit en posant le doigt sur l'écran. C'est le slogan d'Exodus2016. Et, comme par hasard, ils préparent aujourd'hui leur *coming out*. Dans un lieu… secret.

— Le Citigroup Center.

— Ne vous emballez pas, Gallagher ! intervint Powell. Ce n'est qu'une supposition faite à partir des délires d'une femme amnésique sous hypnose.

— Ce ne sont pas des délires, rétorqua Draken, presque choqué.

— C'est bien plus que ça, capitaine ! C'est une confirmation ! Ça recoupe une autre piste que j'avais laissée tomber depuis longtemps. Quand Emily a fait sa crise de nerfs à l'hôpital et qu'elle s'est enfuie de sa chambre, vous vous souvenez ?

Le capitaine hocha la tête, intéressé.

— À cet instant précis, elle regardait CNN. J'avais demandé à Detroit de me donner un enregistrement des infos qui étaient passées aux environs de cette heure-là. J'avais fait la liste des sujets traités. L'un d'eux concernait un scandale sur la fuite de 115 000 documents administratifs classés confidentiels, rendus publics par une organisation d'activistes sur Internet…

— Exodus2016 ?

— En personne. En voyant ces images à la télévision, elle a dû avoir une sorte de réminiscence qui l'a fait paniquer.

Powell acquiesça, mais il n'était pas encore tout à fait convaincu. Detroit, quant à lui, semblait aussi animé que sa collègue :

— C'est forcément eux ! insista-t-il. Draken, vous nous avez bien dit que les deux personnes qui allaient se faire enlever étaient un couple ?

— J'ai de bonnes raisons de le penser.

— Les fondateurs d'Exodus2016 sont mariés. John et Cathy Singer. Et ce sont eux qui vont faire la conférence.

Cette fois, le capitaine sembla prêt à passer à l'action.

— OK. Il faut les contacter au plus vite.

Detroit grimaça.

— Ça va pas être facile ! Ils ne sont pas du genre à avoir leur numéro de téléphone dans l'annuaire, si vous voyez ce que je veux dire.

— Démerdez-vous, Detroit. Il faut les contacter. Est-ce qu'on sait à quelle heure doit avoir lieu la conférence ?

— Non. Mais je vais essayer de demander à Korben. Il en sait peut-être plus qu'il ne le dit dans son article.

— OK. Detroit, vous vous démerdez pour contacter le couple Singer. Lola, je vous remets sur l'enquête. Provisoirement. Vous demandez à l'ESU[1] d'envoyer une équipe dans la tour du Citigroup Center et vous allez avec eux. Draken... Eh bien, Draken, vous pouvez

---

1. *Emergency Service Unit* : unité d'intervention du NYPD.

rentrer chez vous. Merci infiniment pour votre aide

Le psychiatre hocha la tête. Mais il avait un air soucieux. Il ne semblait pas partager l'enthousiasme de tout le monde.

— Juste un petit détail qui pourrait vous aider, glissa-t-il.
— Oui ?
— D'après les visions d'Emily, il y a de grandes chances que cela se passe au dernier étage de la tour.

A new day

45.

John et Cathy Singer seraient les seuls représentants d'Exodus2016 présents dans la salle de conférence, au dernier étage de la tour du Citigroup Center. Les autres membres du bureau – qui devaient rester anonymes – regarderaient les images devant leur poste de télévision, comme une bonne partie de la planète.

Seuls deux gardes du corps étaient venus avec eux. Des anciens bérets verts, embauchés très exceptionnellement pour la circonstance. L'un resterait à l'entrée, l'autre en retrait, derrière John Singer, en surveillance.

C'était une pièce de taille moyenne, fonctionnelle, froide, équipée pour ce genre d'événements. Ils avaient utilisé le nom d'une société fantôme pour louer l'espace en toute discrétion. A priori, personne ne savait ce qui allait se passer ici.

Dans trente minutes exactement, le lieu de la conférence serait révélé à quelques journalistes privilégiés. Une dizaine, pas plus. Singer leur avait déjà donné une indication géographique pour s'assurer qu'ils seraient là dans les temps. Mais ce qui comptait vraiment, c'était que les images, filmées par leurs propres caméras, soient retransmises en direct aux principales chaînes de télévision et aux plus gros sites d'information de la Toile.

9 h 07. Le couple avait encore un peu de temps pour les derniers préparatifs.

— Tu te sens bien ? demanda Cathy à son époux.

Il haussa les épaules.

— Comme toi, je suppose.

— C'est le grand jour.

Elle déposa un baiser sur sa bouche.

— Allez, dit-il. Je veux vérifier une dernière fois que tout le matériel de retransmission est opérationnel. Occupe-toi du pupitre. Il faut que tout le monde voie le logo d'Exodus2016.

Ils se mirent au travail.

Dans quelques minutes, leur vie allait basculer.

46.

Phillip Detroit se connecta au canal IRC[1] sur lequel il espérait pouvoir retrouver son contact qui, fort heureusement, parlait anglais. En France, il était six heures de plus. A priori, Korben devait être en ligne. Le spécialiste en trouva rapidement la confirmation.

[09:09] <Korben> Tiens, voilà le NYPD !
[09:09] <D-troit> Salut.
[09:09] <Korben> WB[2], mon ami ! Ça faisait longtemps.
[09:09] <D-troit> Merci. Je vais droit au but : j'ai besoin d'une info urgente.
[09:09] <Korben> Hmmm... Ça dépend quoi.
[09:09] <D-troit> C'est une question de vie ou de mort. Je suis sérieux. C'est au sujet d'Exodus2016.
[09:10] <Korben> Tu as vu l'info sur mon site ?
[09:10] <D-troit> Oui.

---

1. *Internet Relay Chat* : outil de communication instantané sur Internet.
2. *Welcome back* : bienvenue de nouveau.

[09:10] <Korben> *Y en a un paquet qui doivent pisser dans leur froc, hein ? Tu peux être sûr qu'ils ont deux ou trois révélations croustillantes à balancer.*

[09:10] <D-troit> *Ce n'est pas la question. Est-ce que tu sais à quelle heure la conférence va avoir lieu ?*

[09:10] <Korben> *Pourquoi ?*

[09:10] <D-troit> *On pense que le couple Singer est en danger.*

[09:10] <Korben> *Sérieux ?*

[09:10] <D-troit> *Très.*

[09:10] <Korben> *Selon mes infos, dans un peu plus d'une demi-heure. À 9 h 45.*

[09:10] <D-troit> *Et tu sais où ?*

[09:10] <Korben> *LOL[1]. Non. Le lieu sera révélé à quelques journalistes triés sur le volet juste avant le début de la conférence.*

[09:10] <D-troit> *La tour du Citigroup Center, ça te dit quelque chose ?*

[09:10] <Korben> *No comment.*

[09:10] <D-troit> *Je vois. Tu as un moyen de les joindre ?*

[09:10] <Korben> *Non.*

[09:11] <D-troit> *C'est super important, Korben ! C'est VRAIMENT pour les protéger.*

[09:11] <Korben> *Si j'avais un moyen de les joindre, désolé, mais je ne te le donnerais pas. Et aujourd'hui, IMHO[2], ils ne sont pas joignables.*

---

1. *Laugh out loud* : abréviation exprimant l'amusement.
2. *In my humble opinion :* à mon humble avis.

[09:11] <D-troit> OK. Merci. Je file. C'est du lourd.

[09:11] <Korben> OK. Bonne chance. J'espère que tu me raconteras. Ça serait bien, pour une fois, que ce soit toi qui me files des infos...

47.

À 9 h 32 – soit moins de quinze minutes avant le début de la conférence –, Lola était au pied de l'immense gratte-ciel du Citigroup Center avec trois autres policiers du 88ᵉ district, dont le jeune Tony Velazquez, et une équipe de l'ESU. Une formation réduite. Le niveau d'urgence n'était pas assez élevé pour envoyer l'artillerie lourde.

Avant d'entrer dans la tour, Lola regarda les agents du groupe d'intervention. Avec leurs casques militaires, leurs vestes en kevlar, leurs protections aux épaules, aux coudes et aux genoux, leurs fusils d'assaut, grenades à effet de choc, bombes lacrymogènes et autres pistolets automatiques à la taille, ils ressemblaient à des robots de combat parachutés du futur. Ou à des footballeurs américains qui auraient été croisés avec des GI's. Ces types lui filaient la chair de poule. Ils lui rappelaient de mauvais souvenirs.

— On y va gentiment, hein ? dit-elle en s'adressant au chef d'équipe. On ne sait pas sur quoi on va tomber. Probablement rien du tout. Il y a deux personnes là-haut sur lesquelles pèse une menace d'enlèvement. On les trouve et on les emmène dans un lieu sûr. Rien de plus.

L'homme sembla amusé par les inquiétudes de sa collègue.

— On ne bougera pas si vous ne nous en donnez pas l'ordre, détective.

— Parfait.

— Vous avez des photos des deux personnes en question ?

— Malheureusement, non. Ce sont des gens qui vivent... en toute discrétion. C'est un couple, John et Cathy Singer. Des Américains. Blancs. Ils ont un peu plus d'une trentaine d'années. C'est tout ce que je peux vous dire.

L'agent acquiesça. Ils se mirent en route.

À l'intérieur, ils retrouvèrent les deux autres policiers qui avaient été envoyés plus tôt dans la matinée par le capitaine Powell. Le plus âgé fit un bref rapport à Gallagher.

— Nous n'avons pas la moindre info qui pourrait corroborer cette histoire de conférence de presse, détective. Aucune salle n'a été louée à cet effet aujourd'hui. Rien nulle part au nom d'Exodus2016.

— Ils ont sans doute utilisé un autre nom. On va directement au dernier étage. Dites au responsable de la sécurité de commencer l'évacuation de l'immeuble. Mais pas d'alarme.

On essaie de faire ça le plus discrètement possible.

— Évacuer discrètement un immeuble de cinquante-neuf étages ? Vous êtes sérieuse ?

— Faites au mieux.

— Et donnez ça au responsable de la sécurité, ajouta le chef de l'équipe d'intervention en lui tendant un talkie-walkie. Je veux rester en contact permanent avec lui.

L'officier de police acquiesça et partit d'un pas preste. Au même moment, le téléphone de Lola se mit à vibrer. Detroit lui annonça que la conférence était visiblement prévue à 9 h 45.

Elle regarda sa montre. 9 h 37. Il leur restait huit minutes.

— Bon, on y va ? demanda Velazquez, sur le qui-vive.

Lola l'attrapa par l'épaule. Le petit nouveau était plein d'énergie, plein de bonne volonté, et il n'y avait rien de plus dangereux qu'un petit nouveau plein de bonne volonté. Dans les films, c'était toujours les premiers à se prendre une balle. Dans la réalité aussi.

— Toi, le gamin, tu restes derrière. Tu n'es pas là pour jouer au cow-boy, d'accord ? On a la cavalerie avec nous.

Elle fit signe à l'équipe de l'ESU qu'ils pouvaient se mettre en route.

Ils avaient eu peu de temps pour préparer l'opération. Mais c'était souvent comme ça. Ces types étaient entraînés pour travailler dans la précipitation. On leur avait tout de même fourni les plans détaillés de l'immeuble, les infos sur les locaux techniques, les courants de circulation, etc.

Ils passèrent par l'ascenseur de service, réservé au personnel de sécurité et d'entretien du gratte-ciel. Le commandant de l'ESU alluma son talkie et demanda au responsable de la sécurité d'en interdire strictement l'accès.

Dans les longues minutes qu'il fallut à la cabine pour monter cinquante-neuf étages, la tension ne cessa de grandir. Échanges de regards, gestes nerveux, vérification obsessionnelle de l'armement...

Quand les portes s'ouvrirent, l'escouade se mit en formation et ouvrit la voie. Ce fut comme un ballet. Des gestes mille fois répétés. Progression par binômes, avancée par étapes, canons des armes dirigés vers le sol, communication par signes...

Les *New York's finest*[1] au sommet de leur art.

48.

De retour à son cabinet, Draken avait fait une chose qu'il faisait très rarement : il avait

---

1. « *La fine fleur de New York* » : expression qui désigne les policiers du NYPD.

allumé son poste de télévision. Son téléphone portable serré dans la main gauche, une cigarette dans la droite, il regardait anxieusement CNN. Pour l'instant, rien.

Entre sa télé et son cellulaire, lequel de ces deux appareils diaboliques lui donnerait les premières informations ?

Et seraient-ce de bonnes nouvelles ?

Il avait du mal à y croire. C'était trop simple. Il ne pouvait pas s'empêcher de penser que quelque chose clochait.

Les yeux rivés à l'écran, il songea à Emily.

Ils ne lui avaient rien dit. La jeune femme, enfermée dans son appartement du WITSEC, ignorait probablement que Lola, à cet instant précis, était en train d'affronter la version incarnée de sa vision. Qu'elle était entrée dans la tour noire avec une cohorte de fantassins en armure.

Les enjeux étaient si grands que Draken, d'ordinaire si flegmatique, en éprouvait même une compression à la poitrine.

Si Lola trouvait quelque chose, cela mettrait-il fin aux menaces de l'homme qui était entré chez Mitchell ? Cela leur donnerait-il des informations sur le passé d'Emily ?

Et si elle ne trouvait rien ?

Draken le savait : le neurophysiologiste et lui risquaient la prison. La prison ferme. Et une peine longue. Peut-être même pire que ça.

Il fut soudain sorti de ses pensées en voyant le logo d'un flash spécial s'afficher sur son poste de télévision.

49.

L'étage était divisé en deux. Une large porte vitrée de chaque côté du palier donnait sur des enfilades de bureaux.

— On se sépare, ordonna le chef de brigade. Détective Gallagher, vous restez avec moi.

Lola acquiesça et fit signe à Velazquez de la suivre. Chaque équipe partit d'un côté.

Visiblement, l'étage était désert. Soit il n'y avait jamais personne dans ces bureaux, soit l'ordre d'évacuation avait été diablement efficace.

En retrait, elle observa le travail bien rodé de ses collègues de l'ESU. Une à une, ils forçaient les portes des différents bureaux. Chaque fois, le même rituel : un bélier pour ouvrir, deux hommes en couverture. Sécurisation du local, confirmation de l'état des lieux : « Rien à signaler. »

Plus ils avançaient, plus Lola sentait monter la pression. John et Cathy Singer étaient-ils encore là ? Avaient-ils suivi l'ordre d'évacuation ? Ou bien avaient-ils déjà été enlevés ?

Chaque fois qu'ils ressortaient d'une pièce vide, son cœur se serrait un peu plus. Quand ils furent au bout du couloir, ils durent se rendre à l'évidence : il n'y avait personne de ce côté-là de l'étage. Un appel sur le talkie les informa qu'il en allait de même pour l'autre équipe.

— C'est quoi, ce bordel ? grogna Velazquez.

— Ils ont peut-être évacué, comme tout le monde.

— Ou bien ce n'est pas le bon étage.

— Ils sont forcément là ! Ce n'est pas possible !

Lola enragea. 9 h 46. Officiellement, la conférence avait commencé depuis une minute.

Elle prit son téléphone portable dans sa poche.

Two meanings

50.

En bas de l'écran, une bande défilante annonçait en boucle l'objet du scoop que diffusait la chaîne : « *Live : conférence de presse de John Singer, fondateur du site Exodus2016.* »

Draken était captivé par le visage, plein cadre, de ce trentenaire rondouillard, les cheveux blonds coiffés en brosse, qui s'adressait à la caméra avec un air cérémonial.

« *... beaucoup veulent nous faire passer pour de jeunes et dangereux hackers. Nous ne sommes* pas cela. Nous sommes des journalistes professionnels. Des journalistes d'une ère nouvelle.

Sur notre site, nous publions et commentons des documents originaux, pour la plupart confidentiels, qui nous ont été confiés par des gens qui, comme nous, comme vous, revendiquent le droit à la vérité, à la transparence, à la liberté d'expression.

De nombreux médias nous font confiance à travers le monde, le New York Times, The Guardian, El País, Der Spiegel, Le Monde, Die Welt, l'Aftenposten, la Neue Zürcher Zeitung, mais aussi des chaînes de télé, comme celles qui diffusent ces images en direct à cet instant précis. Nous sommes soutenus par de nombreuses ONG, comme Amnesty International, le CPJ[1], Human Rights Watch, Reporters sans frontières, Freedom House, ainsi que par la fondation Wikimedia.

Nous voulons dire aux gouvernants, aux multinationales, aux corporations que le monde a changé. Qu'ils ne peuvent plus nous mentir, nous cacher les vérités, car la vérité revient de droit aux peuples de notre planète.

Notre réseau s'étend à travers de nombreux pays. Nos sources savent que leur identité restera toujours protégée, et que nous ne censurons jamais les informations qui nous sont données, tant que nous pouvons les vérifier.

Chaque jour, nous subissons de nouvelles attaques, de nouvelles pressions de la part des

---

1. *Committee to Protect Journalists.*

gouvernements et des corporations, parce qu'ils ont peur que vous ayez accès aux informations que nous livrons sur notre site. Pourtant, le droit à l'information, à la presse libre s'inscrit dans la Déclaration universelle des droits de l'homme. Alors nous continuerons notre combat. Nous ne céderons pas aux pressions. Nous ne plierons pas sous les attaques. Et nous vous livrerons ces vérités qui leur font peur quel qu'en soit... »

Draken sursauta en entendant la sonnerie de son téléphone portable. Le numéro de Lola s'afficha sur l'écran.

— Ça a commencé ! dit-il avant même qu'elle n'ait eu le temps de parler. Je les vois, là, sur ma télé ! John et Cathy Singer ! Le roi et la reine !

— Je sais. Mais ils ne sont pas là. Ils ne sont pas dans la tour, Draken ! Emily s'est trompée. Il n'y a personne !

— Tu es sûre ? Comment est-ce possible ? Ils sont en direct à la télé ! Vous avez cherché partout ?

— Oui ! Je te dis qu'il n'y a personne ! Ils doivent être ailleurs.

— Vous avez bien un moyen de savoir d'où viennent les images, non, maintenant que ça a commencé ?

— Le temps qu'on les trouve, ce sera déjà fini.

Draken poussa un soupir.

Depuis qu'il avait quitté le 88ᵉ district, il avait eu une impression étrange. C'était comme s'il s'y était attendu. Comme s'il avait senti qu'il leur manquait quelque chose.

Pourtant, tout collait : la date, le couple, l'enlèvement... Tout collait, oui, sauf le Citigroup Center. Et ce qui était étrange, c'était que cette information était la seule qui ne venait pas directement des visions d'Emily. Elle venait des vidéos du Brooklyn Museum.

Y avait-il dans les visions d'Emily un élément qui puisse confirmer que cette tour noire était bien le Citigroup Center ?

— Attends, ne quitte pas, dit-il en attrapant son carnet de croquis.

Les images de la conférence de presse continuaient de passer dans son poste.

— Fais vite !

Draken regarda les différents dessins qu'il avait faits de la tour en essayant de voir si quelque chose pouvait évoquer le Citigroup Center en particulier. Celui où elle ressemblait à une immense clepsydre. Celui où on la voyait se dresser sur des pythons rocheux. En forme de main. De main noire. Il regarda les éléments qu'il avait dessinés autour. Les femmes qui tiraient des flèches. Les hommes qui s'écoulaient dans la clepsydre. Le cavalier noir. Le roi et la reine. Et le vent. Ce vent qui soulevait leurs vêtements...

— Putain ! s'écria-t-il soudain dans le combiné.

— Quoi ?

— On est trop cons ! C'est pas possible ! Comment on a pu rater ça ?

— Quoi ? répéta Lola d'un air agacé.

— Emily ne s'est pas trompée ! C'est bien le Citigroup Center, Lola. Mais pas celui de New York.

— Pas celui de New York ?

Lola eut un moment de silence ahuri.

— Oh, putain ! Chicago ?

— Oui. Chicago. La *Windy City*[1]. La ville de la *Mano nera*[2]. Tout était là, dans les visions d'Emily. On était tellement sûrs qu'elle parlait de New York qu'on n'a même pas pensé à...

En voyant les images qui passaient à la télévision, il s'arrêta de parler, pétrifié.

Shadows

51.

Tout commença par un grand flash blanc et une série de détonations violentes.

---

1. « La ville venteuse », surnom donné à Chicago.
2. « La Main noire », nom donné à l'organisation criminelle d'Al Capone.

Une grenade DEF-TEC, étourdissante et aveuglante, venait d'être jetée dans la salle de conférence.

La plupart des journalistes présents s'effondrèrent au sol, assommés. Les autres s'accroupirent en se tenant les oreilles, une grimace d'épouvante déformant leur visage.

John Singer disparut derrière son pupitre.

Le premier garde du corps, à l'entrée, n'eut même pas le temps de comprendre ce qui arrivait. Une frappe avec le tranchant de la main, venue de nulle part, l'atteignit au sinus carotidien, sur la gauche du cou.

K-O immédiat.

Le second, quant à lui, eut le temps de reprendre ses esprits avant de voir entrer quatre silhouettes entièrement vêtues de noir et cagoulées. Il dégaina son pistolet automatique et fit feu aussitôt.

La panique gagna ceux des occupants de la pièce qui étaient encore debout. Il y eut une série de hurlements et tout le monde se mit à courir, cherchant vainement un abri.

L'attaque du garde du corps fut cueillie par des tirs de pistolets-mitrailleurs en retour. Les assaillants étaient équipés de Mini Uzi, culasse ouverte. Des balles perdues atteignirent un journaliste du *Chicago Tribune* en pleine tête. Tué sur le coup.

Devant cet enfer de plomb, le garde du corps effectua une roulade et alla se poster

209

derrière le pupitre à son tour. Obligeant John Singer à se cacher derrière lui, il engagea à nouveau le combat, envoyant un feu nourri en direction des intrus. Mais de là où il était, impossible d'ajuster son tir.

Depuis le petit poste de régie, sur la gauche de la pièce, un cri s'éleva. C'était la voix de Cathy Singer. Un homme venait de la mettre à terre et lui avait déjà passé un épais sac noir sur le visage.

Après avoir utilisé sa quinzième balle, le garde du corps tira un coup à vide. Le bruit caractéristique du percuteur sans détonation lui tira un juron. Il plongea la main à sa ceinture pour prendre son deuxième et dernier chargeur.

Il n'eut même pas le temps de le glisser dans la crosse.

Deux des agresseurs venaient de leur tomber dessus.

Le premier lui brisa la nuque.

Le second immobilisa John Singer.

Les assaillants disparurent dans un écran de fumée, emportant avec eux le couple fondateur d'Exodus2016.

L'opération avait duré moins d'une minute.

52.

Draken resta silencieux encore quelques secondes quand les images s'interrompirent sur son écran de télévision, laissant la place à un signal brouillé. Un ballet d'électrons.

— Tu... tu as vu ça ? bégaya-t-il finalement dans son téléphone.

La réponse de Lola tarda à venir.

— Oui.

Quelques secondes à peine avant le drame, Gallagher avait fait savoir à Powell que la conférence se tenait probablement dans le Citigroup Center de Chicago.

Le temps de prévenir le CPD[1], l'attaque avait déjà commencé. Quand ils arriveraient sur place, dans quelques minutes, il n'y aurait probablement plus personne.

— Putain de bon dieu de merde ! lâcha Draken, toujours sous le choc des images qu'il venait de voir.

— On aurait pu empêcher ça.

— Putain de bon dieu de merde, répéta le psychiatre.

Moment de silence.

La voix des nombreux autres policiers qui entouraient Lola résonna dans le combiné.

---

1. *Chicago Police Department.*

Sur CNN, le présentateur des infos était réapparu. Il semblait aussi anéanti qu'eux et cherchait péniblement ses mots.

— Comment c'est possible, Draken ? Comment Emily pouvait-elle savoir ? Comment elle pouvait savoir tout ça ?

Le psychiatre ne répondit pas. Il se posait exactement les mêmes questions.

— C'est qui, cette femme, bordel ?

À SUIVRE...

Now you're gone

**Retrouvez l'épisode 3 de *Sérum*,
à paraître le 27 juin 2012...**

**Et n'oubliez pas : pour suivre l'univers
de *Sérum*, rendez-vous sur
www.serum-online.com**

**Si vous avez envie d'avoir
un avant-goût, tournez la page
et lisez ce qui suit.
Sinon, passez votre chemin !**

DANS L'ÉPISODE 3 DE SÉRUM

SAM LOOMIS, AGENT DU FBI

— Nous reprenons à notre compte l'enquête sur l'enlèvement de John et Cathy Singer.

À ces mots, Phillip Detroit avisa l'agent fédéral d'un air suspicieux.

— Je ne suis pas sûr de savoir ce que vous attendez de moi.

— Un détachement de quelques semaines dans notre bureau new yorkais, ça vous tente ?

— C'est bien payé ?

PHILLIP DETROIT, DÉTECTIVE DU NYPD SPÉCIALISÉ DANS L'ANALYSE INFORMATIQUE

— Je ne peux pas m'empêcher de penser qu'il y a quelque chose de bizarre dans la vidéo de revendication de l'enlèvement.

— La vidéo a été authentifiée par notre service technique. Pas de truquage. Et c'est bien Singer qui apparaît à l'écran.

— Oui. Je sais. Ce n'est pas ça dont je veux parler. Il y a quelque chose dans le visage de John Singer...

JOHN SINGER, RETENU EN OTAGE DANS UN LIEU SECRET...

— Je ne vois pas de quoi vous voulez parler.

— Ne nous prenez pas pour des imbéciles, Singer. Vous devez l'avoir compris, à présent. Vous n'avez pas affaire à des amateurs. Alors, pour la dernière fois, je vous demande de répondre à cette question, sinon, j'exécute votre femme sous vos yeux : où est caché le fichier DES-87 ?

SHÉRIF PETRUCCI, FORÊT DE COLLINSVILLE, CONNECTICUT

Excité par l'odeur caractéristique de la putréfaction, le chien n'avait pas cessé d'aboyer depuis que le shérif s'était décidé à creuser. La terre était durcie par le froid mais on pouvait constater – par sa couleur et sa texture – qu'elle avait été tassée récemment.

Soudain, la pelle heurta quelque chose de dur.

Petrucci se mit à genoux puis enleva la couche noirâtre masquant l'objet qu'il venait de toucher.

Une grimace de dégoût sur les lèvres, il trouva la confirmation qu'il attendait : un cadavre était enterré là.

Le cadavre d'une femme, horriblement défigurée.

WILLIAM ROBERTS, MEMBRE DU SITE EXODUS2016, BRAS DROIT DE JOHN SINGER

— Regarde ! Il y a une tentative d'intrusion sur le serveur !

— Tu crois que c'est les types qui ont pris John en otage ? Qu'ils essaient de récupérer le fichier avant nous ?

— Non. Je reconnaîtrais cette signature entre mille : ce sont nos amis de la CIA.

— Qu'est-ce qu'on fait ?

— On se grouille. Le premier arrivé a gagné.

DANA CLARK, JOURNALISTE D'INVESTIGATION SUR LA CHAÎNE CBS

— Vous devez me laissez faire ce sujet, boss.

— Il y a quelque chose qui ne me plaît pas, Dana. Votre histoire sent le coup fourré. Vous savez que nous n'aimons pas intervenir dans les affaires de prise d'otage. Vous risquez de gêner le travail de la police et de mettre la vie de Singer en danger.

— Je sais... Sauf qu'en l'occurrence, nous sommes en droit de nous demander si une agence gouvernementale n'est pas directement impliquée dans l'enlèvement...

LOLA GALLAGHER, DÉTECTIVE AU NYPD...

Elle essaya le numéro du cabinet de Draken. Personne. Le répondeur se mit en route.

« Arthur, c'est Lola. J'ai besoin de voir Emily. C'est urgent. Je sais qu'elle est chez toi. Je débarque dans vingt minutes ».

(...)

Lola frappa à la porte.

Rien.

Elle essaya de nouveau, en vain.

Son instinct de flic se mit aussitôt en alerte. Ce n'était pas normal. Elle sortit son cellulaire et essaya de nouveau les deux numéros de Draken. Aucune réponse. Elle entendit simplement sonner le téléphone fixe de l'autre côté de la porte.

(...)

— Draken ? lança-t-elle tout en avançant lentement vers l'ouverture.

Aucune réponse.

Mais quand elle arriva dans l'encadrement de la porte blindée, le spectacle qu'offrait la petite pièce la saisit d'horreur.

Elle avala sa salive et fit un pas de plus, incrédule.

Au pied du fauteuil médical, Emily était étendue dans une mare de sang.

Remerciements

Nous tenons à remercier ici les personnes qui, à un moment ou un autre, nous ont aidés à mener ce projet jusqu'à son terme.

Pour les questions scientifiques, Patrick Jean-Baptiste, le professeur Bettina Debû, de l'Institut des neurosciences de Grenoble, le Dr Jean Becchio, président fondateur de l'Association française d'hypnose médicale, et le Dr Philippe Pichon.

Pour les questions artistiques, Sébastien Drouin, Stéphane Berla, Hugues Barbet, Christophe Alary et Erik Wietzel.

Pour les questions éditoriales, Marc Emery, Caroline Lamoulie, François Durkheim, Vanessa Corlay, Anna Pavlowitch, Pierre-Jean Doriel et Gilles Haéri, qui ont cru à ce projet et s'y sont beaucoup investis.

Un grand merci, enfin, à Diane Luttway et Tiphaine Scheuer, qui supportent deux incurables *workaholics*, ainsi qu'à une ribambelle d'adorables petits monstres, Élio, Elliott, Mattéo, Noé et Zoé.

9941

Composition
NORD COMPO

*Achevé d'imprimer en Espagne
par* BLACK PRINT CPI (Barcelone)
le 25 mars 2012.

Dépôt légal mars 2012.
EAN 9782290041734

ÉDITIONS J'AI LU
87, quai Panhard-et-Levassor, 75013 Paris
Diffusion France et étranger : Flammarion